AF279979

Iris oder Die Flüchtigkeit von Regenbögen

Die Geschichte einer pubertären Liebe zu einem seltsam unwirklichen Mädchen. Verbunden mit spannenden Erlebnissen und der Bekanntschaft zu einem Künstler auf der Suche nach seinem Weg. Über die Flüchtigkeit von Regenbögen und Spuren der Erinnerung.

F.O., ★1939, Universum, Milchstraße, Sonnensystem, Erde, Europa, Deutschland, Lippe, Detmold, Homo sapiens, m, 183, 75, Graphik-Designer, Art-Director, Kreativer, vielfältig interessiert, immer noch suchend und versuchend.

F.O.

Iris
oder Die Flüchtigkeit
von Regenbögen

ISBN 978-3-8334-8174-1

1. Auflage 2008
Herstellung und Verlag; Books on Demand GmbH
D-22848 Norderstedt
Titel- und Buchgestaltung: F.O.
Copyright: F.O.

Für Iris
und alle Regenbögen

Geschichte und Geschichten;
alles existiert nur in oder ist Erfindung
unserer Fantasie.
Mit allen Verfälschungen, Unschärfen
und Anreicherungen, zu der
unsere Spezies neigt.

Ich habe nur ein altes Schwarz-Weiß-Polaroid von Iris. Es beginnt zu verblassen wie die Erinnerung. Es stammt aus der Anfangszeit der Sofortbilder. Damals gab es noch keine Farbe und die Haltbarkeit war begrenzt.

Manchmal sehe ich es mir an und erinnere mich an die kurze, glückliche Zeit mit Iris und die vielen Erlebnisse, die wir zusammen hatten, in dem kurzen, kühlen, regnerischen Sommer, in dem es so viele Regenbögen gab wie nie wieder in meinem Leben.

Das Bild hat der Künstler, der Verrückte, gemacht bei einem unserer Gespräche und mir geschenkt, denn ich glaube, er hatte mich durchschaut.

Ich war oft allein, fühlte mich alleingelassen. Oft saß ich am Fenster und beobachtete die Straße. In der Straße fuhr eine Straßenbahn. Rumpelnd und quietschend. Selten kam ein Auto vorbei. Zu der Zeit war die Motorisierung noch schwach.

Eines Tages hielt ein Möbelwagen, ein älteres Modell, das aussah als hätte es den Krieg mitgemacht, vor dem Haus schräg gegenüber.

Eine ältere Frau überwachte die Möbelpacker, und nach wenigen Stunden war die Straße wieder leer als ich eine seltsame Erscheinung, die ein kleines Köfferchen trug, rötlich-orange-blond-hell-pastellig, in das Haus gehen sah.

Mädchen gab es bei uns kaum oder sie durften nicht raus, mussten im Haushalt helfen, wurden für ihre spätere Rolle als Hausfrau und Mutter ausgebildet, die Eltern in ständiger Angst vor dem Verlust der Unschuld ihrer Töchter und dem damit verbundenen Wertverlust.

Wenige Tage nach der denkwürdigen Erscheinung, ich kam aus der Schule, standen diese seltsamen Farben vor mir, hielten mir eine schlanke Hand entgegen und sagten: „Ich heiße Iris. Das heißt Regenbogen."

Und so wirkte sie auch. Transparent-zart-gelb-orange das Haar, ein pastellig wirkender Teint und dazu grün-blaue Augen, ja, grün-blau, nicht blau-grün, die mich ansahen wie aus einer anderen Welt.

Sie lächelte mich an und sprach weiter: „Wir sind da drüben eingezogen, ich wohne bei meiner Großmutter, vorübergehend. Wir könnten doch Freunde werden." Ich war sprachlos, wurde rot vor Verlegenheit und stotterte: „Ich heiße: „ ....", wobei mir die Aussprache meines eigenen Namens misslang, „und wohne hier mit meiner Mutter, aber die ist meistens nicht da, weil sie arbeitet."

Ich hatte bisher keine Mädchen kennengelernt. Ich ging auf eine reine Knabenschule und die einzige Frau, mit der ich zu tun hatte, war meine Mutter. Mich interessierten die Mädchen und die Frauen schon, und es musste da irgendein Geheimnis geben, das ich herausfinden musste. Nie hätte ich es gewagt ein Mädchen anzusprechen, und jetzt passierte mir dies.

„Ich muss jetzt weg, meine Großmutter wartet", sagte sie, und ich hatte das Gefühl, sie schwebe davon. Ich ging nach Hause, setzte mich an den Tisch am Fenster, holte meine Hefte und Bücher raus und versuchte meine Hausaufgaben zu machen, wobei ich dauernd aus dem Fenster sah und mich in keiner Weise konzentrieren konnte. Ich musste ständig an Regenbögen denken, suchte unser altes, vergilbtes Lexikon heraus und las: Regenbogen, atmosphär.-opt.-, kreisbogenförmige Erscheinung, entsteht dadurch, dass die Sonnenstrahlen beim Eintreten in Regentropfen gebrochen (Lichtbeugung), in Farben zerlegt, im Innern des Tropfens reflektiert u. beim Austritt nochmals gebrochen werden (Descartes 1637). Die Erscheinung ist nur sichtbar für einen Beobachter, der sich zw. Sonne (im Rücken) u. den reflektierenden Tropfen (Wolken, Wasserfall, fast weiß beim Mond u. a.) befindet. Der R(egenbogen) erscheint nur bei tiefem Sonnenstand: als außen roter, innen blauer (violetter) Neben-R. unter 51°. Sekundäre Bögen zeigen sich innen am Haupt- u. außen am Nebenbogen. Dazu kam eine Schemazeichnung, die ich aber, wie auch den Text, nicht wirklich verstand. Danach Regenbogenforelle – Forelle – Fischzucht und dann Regenbogenhaut (Iris), die Augenfarbe bestimmender Ring um die Pupille im Auge – R. entzündung (Iritis): Schmerzen, Lichtempfindlichkeit, verfärbte Bindehaut, evtl. zur Erblindung führend. Ursachen: Syphilis, Tuberkulose. Diese Informationen fand ich etwas unbefriedigend und sah darum noch unter Iris nach. Iris,

1) in der griechischen Mythologie: die geflügelte Göttin, Personifikation des Regenbogens und Botin der Götter. – 2) in der Medizin: – Regenbogenhaut. – 3) bot.: Schwertlilie.

Diese Informationen gefielen mir schon besser. So konnte ich sie mir vorstellen: Eine geflügelte Göttin unter einem Regenbogen durchschwebend über einem unendlichen Feld von Schwertlilien. Ich versuchte diese Idee, denn ich zeichnete und malte gerne, und die Leute sagten ich hätte Talent, bildlich umzusetzen, aber alle Versuche misslangen. Dann bemühte ich mich, die Personifikation des Regenbogens, die ich deutlich vor mir sah, zu zeichnen. Aber je verbissener ich daran arbeitete, desto unähnlicher wurde das Bild und desto mehr entfernte es sich von dem Objekt, das ich darstellen wollte.

So verflüchtigten sich meine Vorstellungen wie ein Regenbogen, wenn die Tropfen zur Erde gefallen sind. Zurück blieb das unbefriedigende Gefühl, wenn etwas misslungen ist, und so machte ich mich lustlos an meine Hausaufgaben, die ich hinschluderte. Danach setzte ich mich auf mein Rad und fuhr in Richtung Felder, vorbei an der ehemaligen Autowerkstatt, in der jetzt der Schreckliche, der Verrückte, hauste, ein Künstler, über den man sich die schlimmsten Sachen erzählte und vor dem besorgte Eltern ihre Kinder warnten und ihnen jeden Umgang oder Kontakt mit ihm verboten.

Ich fuhr den Feldweg entlang, als es einen Schauer gab und ein wunderschöner Regenbogen den Himmel überspannte. Ich war durchnässt, aber meine Gedanken waren woanders, als es zischte und die Luft aus meinem Hinterrad entwich. Rumpelnd kam ich zum Stehen. Ich stieg ab und sah mir den Schaden an, konnte aber nichts entdecken. Ich öffnete meine Satteltasche und holte das Flickzeug heraus. Es war alles da, aber die Gummilösung war eingetrocknet. So blieb mir nichts anderes übrig, als mein Rad unter dem sich verflüchtigenden Regenbogen nach Hause zu schieben. Die nächsten Tage, in denen ich häufig das Haus gegenüber beobachtete, entdeckte ich weder Iris noch ihre Großmutter. Immer, wenn meine Mutter und ich uns sahen, bekamen wir Streit. Aber wir sahen uns ja nicht so oft.

Das Reißbrettstift-Attentat auf unseren Mathelehrer ging leider schief. Er entdeckte die Heftzwecken bevor er sich setzte, mit der Folge, dass wir eine Strafarbeit aufbekamen, die jeden von uns einen Nachmittag seines jungen Lebens kostete. Sonst passierte wenig. Die Straßenbahn fuhr fahrplanmäßig und die Sonne schien, unterbrochen von Regenschauern, mit dem Effekt, dass immer wieder Regenbögen entstanden, die mich an eine bestimmte Person erinnerten, das heißt, vielleicht ließ sie die ja entstehen oder die Regenbögen waren eine andere Materialisation von ihr.

So verging die Woche und es wurde Freitag. Nach der Schule auf dem Heimweg gab es bei vollem Sonnenschein einen Schauer und ein wunderschöner Regenbogen entstand, als sie plötzlich, wie aus heiterem Himmel, so wie ein Regenbogen aus dem Nichts, vor mir stand, mich anlächelte und sagte: „Tag Namenlos, heute hätte ich Zeit, wir könnten zusammen was unternehmen, du kennst dich hier doch aus." Ich war ganz verdattert und stotterte: „Ja, wenn du ein Fahrrad hast, kann ich dir den Ort und die

Umgebung zeigen." „Ich habe leider keines", erwiderte sie. „Dann müssen wir es zu Fuß machen oder das alte Rad meiner Mutter richten, die fährt nie damit, und es steht im Keller und rostet vor sich hin und wartet auf den Jüngsten Tag und die Auferstehung der Räder, aber dem können wir zuvorkommen." „Ich glaube, du hast in Religion gut aufgepasst. Lass uns doch heute die Reparatur versuchen."

Wir gingen zusammen heim, denn wir wohnten ja in der gleichen Straße fast direkt gegenüber. Ich an der Seite dieses seltsamen Mädchens, stolz und peinlich berührt zugleich. Zu Hause bei mir holten wir das alte Rad meiner Mutter aus dem Keller in den Hof unter den Apfelbaum. Wir sahen uns das Rad an. Es war sehr rostig. Die Reifen platt, aber vielleicht nur deshalb, weil es so lange gestanden hatte, nie aufgepumpt worden war und die Luftmoleküle durch die mit der Zeit porös gewordenen Schläuche und die nicht wirklich dichten Ventile entflohen waren. So wie auch Regenbögen entflohen, aber so ganz passte der Vergleich nicht, und deshalb teilte ich ihr meine Gedanken auch nicht mit. Die Kette war steif. Die Naben rostig. Und alles bedeckt von einer dicken Staubschicht. Wir stellten es auf den Kopf und begannen die verschiedenen Funktionen durchzutesten. „Ich finde, es sieht toll aus", sagte Iris, „so richtig schön kaputt, ich glaube, wir brauchen die Reifen nur aufzupumpen, die Kette zu ölen, das Rad zu waschen, und es wird fahren wie im Himmel der Fahrräder." Wir holten aus der Waschküche einen Eimer Wasser, einen alten Schwamm, taten etwas Schmierseife in das Wasser und begannen das Rad zu putzen. Der Staub ging leicht ab. Der Rost färbte Schwamm und Wasser braun. Stellenweise war die Lackierung noch erhalten, einschließlich der Zierstreifen. Wir rieben es trocken mit zwei alten Lappen aus einem ehemaligen Bettlaken, wobei Iris alle Arbeiten ungewöhnlich leicht und flott von der Hand gingen. Jetzt brauchten wir Öl und Fahrradpolitur. Ich wusste nicht mehr, wo ich sie das letzte Mal hingestellt hatte, denn Ordnung war nicht meine Stärke. Wir suchten zusammen im Keller, und manchmal kam sie mir ganz nahe und ich konnte sie riechen, und ich würde sagen, so müsste ein Regenbogen riechen, wenn er riechen würde. „Hier sind sie", sagte sie plötzlich und hielt mir das kleine verbeulte Ölkännchen und die Glasflasche Politur, damals wurde so etwas noch in Glas verpackt, unter die Nase. „Sie waren in der Kartoffelkiste zwischen den Kartoffeln", sagte Iris, „da gehören sie auch hin, Kartoffeln in Fahrradöl mit Politursoße, das wäre ein interessantes, neues Gericht." Das fanden wir sehr lustig, konnten uns kaum wieder einkriegen, verließen den kühlen, feuchten Keller und gingen wieder zu unserem zweirädrigen Patienten. Während Schwester Iris Rahmen, Schutzbleche und Felgen mit Politur verarztete, besonders den Gesundheitslenker, machte ich Ritzel, Kettenblatt und Kette sauber und ölte alles mit Nähmaschinenöl. Dann holte ich die Pumpe von meinem Rad. Der Regenbogen hielt den Patienten und ich pumpte die Reifen auf. Die Luft hielt. Die Mäntel sahen zwar etwas brüchig aus, aber solange die Schläuche nicht verletzt würden, würde es schon gehen. Ich machte eine Probefahrt. Ein paar Mal um den Apfelbaum in unserem Hof. Machte Bremsproben mit dem

Rücktritt, der Vorderradbremse, einer altmodischen Gestängebremse. Fand alles ziemlich O.K. bis auf den Sattel, den fand ich für den Regenbogen zu hoch. Wir stellten ihn mit dem Knochen runter. Iris testete die Höhe und war zufrieden. Dann machte sie eine Probefahrt rund um den Apfelbaum. Sie machte das sehr geschickt und wieder hatte ich das Gefühl, sie schwebe dahin. „O. K.“, sagte sie, „zu so einer alten Frau wie mir passt auch ein altes Rad, aber für eine Erkundungsfahrt ist es heute zu spät, meine Großmutter wartet, ich muss jetzt heim.“ Nach diesen Worten lehnte sie das Rad an den Baum, sagte noch: „Tschüss!“, und entschwebte durchs Gartentor.

Wieder vergingen einige Tage, an denen ich weder sie noch ihre Großmutter sah. Das Wetter war gut, die Sonne schien bei mäßig bedecktem Himmel, es regnete nicht, und es gab auch keine Regenbögen. Die Schule nahm ihren gewohnten Gang, und es gab keine besonderen Vorkommnisse. Nicht mal Strafarbeiten. Ich verbrachte einen Teil der Zeit mit meinem Freund, dem dicken Herbert, und wir versuchten den Verrückten, den Künstler, zu observieren, indem wir mit dem Opernglas von Herberts Oma aus der großen Buche gegenüber die Autowerkstatt, die jetzt Atelier war, beobachteten. Aber wir sahen weder Orgien- noch Mysterienspiele, auch keine nack-ten Modelle, sondern nur angefangene oder aufgegebene Skulpturen im Hof der Werkstatt: seltsame Objekte aus Schrottteilen, die sich wohl mal bewegen sollten, als absurde, nutzlose Maschinen, zum Teil farbig bemalt, aber schon verwittert und verblichen und zu keiner künstlerischen Bewegung mehr fähig. Auch gab es da eine sehr große Frauenfigur, eine Liegende aus alten Flugzeugelementen, scheinbar begehbar durch eine Tür zwischen ihren weit gespreizten Beinen. Aber auch sie war nicht fertig, und das Wetter und der Zahn der Zeit nagten schon kräftig an ihr. Den Künstler bekamen wir nicht zu Gesicht. Es rührte sich nichts in Hof und Atelier. Wir brachen die Observation ab, und Herbert meinte, wir sollten die Objekte fotografieren und der Presse zukommen lassen, aber seine Kamera sei kaputt. Ich hätte gerne einen Fotoapparat gehabt, hatte aber keinen, und so mussten wir dieses Projekt fallenlassen. Nachbarn und Presse fanden, das Anwesen des Künstlers sei ein Schandfleck für unsere Stadt, und so war es wohl besser, wenn wir ihnen kein Material zukommen ließen.

Am Freitag, auf dem Heimweg von der Schule, kurz vor dem Haus, in dem ich wohnte, stand plötzlich, wie aus heiterem Himmel, der Regenbogen vor mir. „Hallo Namenlos", sagte sie, „heute habe ich Zeit, heute können wir was unternehmen." Wir holten die Fahrräder aus dem Keller und fuhren los. Meine Standardtour: Atelier des Künstlers, Baggersee, Güterbahnhof, Rathaus, Schule, meine Schule, die wollte ich ihr zeigen. Wir hatten ein Kellerfenster präpariert, so, dass man nichts sah, wir aber jederzeit in die Schule eindringen und auch wieder herauskommen konnten. Nur vor dem Hausmeister und vor eventuellen Lehrern mussten wir uns in Acht nehmen. „Komm, ich zeig dir mein Klassenzimmer", schlug ich vor, und sie antwortete: „Ja, das ist spannend für ein Mädchen, in eine Knabenschule einzudringen." Ich drückte das Fenster auf und ich voran, gefolgt von Iris, stiegen wir ein. Wir kamen in einen langen Gang, der links und rechts von Kellertüren gesäumt war, um die wir uns aber nicht kümmerten. Die Tür, vor der der Gang endete, konnte man von innen öffnen. Für den Rückweg mussten wir aufpassen, dass sie nicht zuschlug, denn von außen ließ sie sich nicht öffnen. Wir kamen jetzt in den normalen Schulflur im Erdgeschoß. Es roch stark nach Schule: nach Bohnerwachs, verschwitzten Schülern und transpirierenden Lehrern. „Ich muss mal", sagte der Regenbogen, „wo ist denn das Knabenklo?" „Geradeaus und dann rechts", informierte ich sie und wir gingen in Richtung Klo und Iris verschwand darin, und während ich mir noch versuchte vorzustellen, wie das wohl aussah: Iris auf dem Knabenklo, stand sie schon wieder neben mir und sagte: „Wir können weiter." Wir horchten und guckten, ob die Luft rein war und liefen die Treppe hoch zum ersten Stock, wo mein Klassenzimmer, der Physiksaal, war. Die Tür war verschlossen. Nur der dicke Herbert hatte einen Nachschlüssel, selbstgemacht in der Werkstatt seines Vaters. So konnten wir hier nicht weiter und liefen ins nächste

Geschoss, als die Stille des leeren Schulhauses durch das Tatü-Tata der Feuerwehr zerrissen wurde. Das war ein Schreck! Wir schlichen uns zum Fenster und sahen auf dem Schulhof ein großes Aufgebot an Feuerwehrfahrzeugen: Leiterwagen, Löschwagen, Mannschaftswagen und die Polizei. Die Leiter war ausgefahren und ein Feuerwehrmann spritzte in Richtung Schuldach, das wir nicht sehen konnten. „Bestimmt eine Übung", sagte ich. „Nee, glaub' ich nicht", entgegnete Iris, „riechst du denn nicht den Brandgeruch?" Jetzt sahen wir auch, wie Qualm vom dritten zum zweiten Obergeschoß runterquoll. „Nichts wie raus!", rief ich Iris zu. Wir liefen zurück zu der Tür, die zum Gang, zum präparierten Fenster führte. Sie war zugeschlagen. Wir saßen in der Falle. „Scheiße, jetzt müssen wir ein Fenster auf der Rückseite des Gebäudes nehmen", rief ich ihr zu, „die dürfen uns auf keinen Fall erwischen!". Wir rannten in den Flur zur Rückfront, Iris voran und so schnell, dass ich kaum mitkam, und in wenigen Sekunden standen wir vor der Rückwand des Gebäudes, dahinter der Schulgarten. Ich versuchte das Fenster zu öffnen, vor dem wir standen. Es bewegte sich nicht. Wie ein Verrückter riss und rüttelte ich daran. Es bewegte sich nicht. Iris ging zum nächsten, legte mit leichter Hand den Griff um, und das Fenster öffnete sich wie von selbst. Leichtfüßig kletterte sie auf die Fensterbank, dann auf das Fensterblech außen, stellte sich mit den Hacken auf den circa einen Meter darunter befindlichen Sims und sprang. Sie schwebte gewissermaßen nieder und landete sicher im Gras. Ich folgte ihr nach und, während ich noch gewissermaßen in der Luft war, kam ein Polizist um die Ecke, dem ich gewissermaßen in die Arme sprang. „Da haben wir ja den Brandstifter“, lachte der Polizist und hielt mich am Arm fest. Iris war nirgends mehr zu sehen, und in dem Wasserdunst des Spritzstrahls über dem Schulhaus bildete sich ein zarter Regenbogen.

Die Hauptsensation der Lokalzeitung am andern Tag war der Schulbrand. Die Schlagzeile: ‚Schüler steckt seine Schule an!‘. Dann Informationen über den Brand und den mutmaßlichen Täter und ein Foto im groben Zeitungsraster, schlecht gedruckt, von mir, wie ich gerade aus dem Schulfenster springe, und weil das Foto durch die Bewegung etwas unscharf war, war ich zum Glück kaum zu erkennen. Dann kamen Mutmaßungen über das Motiv: Vernachlässigung durch seine Mutter, die Jugend von heute, mangelnde Erziehung und die Klagen: Soweit ist es gekommen, wo soll das noch hinführen? Der Hinweis auf die Ordnung im 3. Reich fehlte zwar, stand aber doch irgendwie zwischen den Zeilen.

Ich wurde auf der Polizei vernommen, sagte, dass ich mit dem Brand nichts zu tun hätte, ich nur meiner Freundin die Schule hätte zeigen wollen, was man mir aber nicht glaubte. Der vernehmende Polizis wiederholte, ich solle doch die Wahrheit bekennen, dann bekäme ich mildernde Umstände, ich aber blieb bei meiner Ausage. Der Polizist von der Wache kam herein und meldete, da sei ein Mädchen, das wolle zu dem Schulbrand eine Aussage machen.

Iris kam herein und es war als ob Farbe in die graue Wache käme und verkündete: „Herr Polizeihauptwachtmeister, die Gleichzeitigkeit von Brand und unserer Anwesenheit sind reiner

Zufall. Er wollte mir nur seine Schule zeigen." Sie wurde noch weiter vernommen, blieb aber bei ihrer Aussage und ließ sich nicht in Widersprüche verwickeln. „Ihr hättet an Rauchvergiftung sterben können", belehrte uns der Polizeiwachtmeister, „ihr könnt jetzt nach Hause gehen, wir ermitteln weiter, ihr hört von uns, und macht so was nicht wieder!"

Die Ermittlungen von Feuerwehr und Polizei ergaben, dass es sich um eine Selbstentzündung auf dem Dachboden gehandelt hatte, die metallene Brandschutztür zum Dachboden geschlossen war, wir also nicht darin gewesen sein konnten, der Schaden relativ gering war und die Hoffnung vieler Schüler auf einen längeren Schulausfall sich nicht erfüllten – nach drei Tagen ging der Schulbetrieb wieder weiter. Aber irgendwie blieb ein Verdacht an uns haften, an mir, aber ganz besonders an Iris.

Meine Mutter schimpfte: Anstatt mit fremden Mädchen rumzuabenteuern, solle ich lieber meine Schulaufgaben machen! Und das könne sie gerade noch gebrauchen, dass ich die Schule anstecke, und sie dann für den Schaden haftbar wäre. Aber trotzdem glaubte sie nicht wirklich, dass wir es waren. Und Polizei und Feuerwehr hatten außer unserer Anwesenheit am Tatort keine Beweise gegen uns.

Wieder verging eine langsame, langweilige Woche, ohne dass etwas Besonderes passierte und ohne dass ich den Regenbogen sah. Sie hatte kein Telefon, wir hatten kein Telefon und persönlich bei ihr aufzukreuzen, traute ich mich nicht.

Versuche, telepathisch mit ihr Kontakt aufzunehmen, waren erfolglos, ebenso telekinetisch meinen Füller auf der Tischplatte zu bewegen, ihn ohne Kappe rollen oder sich heben zu lassen. Aber vielleicht habe ich mich einfach nicht intensiv genug darauf konzentriert, oder mein Geist war einfach zu schwach.

Nachmittags nach der Schule fuhr ich ziellos mit dem Rad in der Gegend umher, landete schließlich beim Bunker und erkundete den Bunkereingang, ohne mich aber weiter hineinzuwagen. Die Leute nannten ihn Führerbunker und munkelten, darin sei kurz vor Kriegsende ein Nazischatz versteckt worden, aber man habe ihn, auch bei der Sprengung des Bunkers, die nur unvollkommen geklappt hatte, nicht gefunden. Dann fuhr ich wieder unter einem total regenbogenlosen Himmel heim. Setzte mich an den Tisch am Fenster und versuchte, meine Hausaufgaben zu machen, denn wenn man die nicht hatte, gab's schwere Strafarbeiten, und das wollte ich vermeiden. Ich konnte mich nicht konzentrieren, sah aus dem Fenster, dachte an Regenbögen und an damals als unanständig geltende Sachen. Zwang mich dann, was Gefühle großer Unlust in mir auslöste, doch zur Arbeit und versuchte, selbst um den Preis der Fehlerhaftigkeit, die lästige Pflicht so schnell wie möglich, in Rekordzeit, vom Tisch zu kriegen. Hörte dann noch etwas Radio, die Schlagerparade, die ich schrecklich fand, und las in unserem alten Lexikon Begriffe, die mich spontan interessierten.

Am Muttertag radelte ich hinaus zu den Wiesen am Rande unserer kleinen Stadt, um einen Blumenstrauß für meine Mutter zu pflücken. Geld hatte ich eigentlich keines, und so musste man versuchen, Glückwünsche und Aufmerksamkeiten selbst zu gestalten. Gerade, als ich die letzte Margerite arrangieren wollte, hielt mir eine schlanke Hand eine Iris entgegen: „Hier, nimm diese, dann ist er komplett." Der Regenbogen lächelte mich an und sprach weiter: „Heute habe ich Zeit, wir können was zusammen unternehmen. Treffen wir uns um zwei. Ich hätte Lust, den Bunker zu erkunden. Hast du eine Taschenlampe?" „Klar", sagte ich, „wir brauchen auch ein Seil zur Sicherheit!" Wir fuhren heim, Iris bei mir auf der Stange meines Rades, die Blumen auf dem Gepäckträger.

Ich überreichte meiner Mutter die Blumen mit den Worten: „Herzliches Beileid zum Muttertag", und gab ihr einen flüchtigen Kuß. Aß dann ganz hastig mein Rührei mit Bratkartoffeln und wartete ganz ungeduldig, dass meine Mutter zur Arbeit in ihrer Gaststätte ging. Es war noch früh am Tage, und meine Mutter musste um elf ihre Arbeit beginnen.

Kurz nachdem sie gegangen war, stand Iris, mein Regenbogen, vor der Tür. Wir holten die Räder aus dem Keller, und ich klemmte Taschenlampe und Seil auf meinen Gepäckträger. Wir fuhren am verrufenen Anwesen des Künstlers vorbei zum Rand des Waldes, wo der Bunkereingang lag. Man sagte, dahinter befände sich ein weites, ausgedehntes System von Räumen und Gängen. Der Beton des Eingangs lag durch die Sprengung, die ihn aber nicht wirklich zerstört hatte, schräg zwischen nachgewachsenen jungen und etwas älteren Bäumen, die aufgrund eines unbekannten Prinzips alle senkrecht auf dem imaginären Erdmittelpunkt standen und so nicht nur materialmäßig, sondern auch geometrisch einen reizvollen Kontrast bildeten. Wir stiegen hinein. Im vorderen Bereich roch es nach Urin und Exkrementen, hier hatten wohl verschiedene Wanderer ihre Notdurft verrichtet. Danach wurde es eng und ging steil, fast senkrecht hinunter. Auch diese Stelle meisterten wir ohne Schwierigkeiten. Jetzt standen wir in einem feuchten Bunkergang mit den unterschiedlichsten Ausblühungen an den Wänden, die im Licht unserer Taschenlampe morbide und giftig aufleuchteten. Der Boden war übersät mit Trümmern, Unrat, Resten und Bruchstücken einst kriegswichtiger Objekte. Wir stiegen darüber, ich voran, gefolgt vom Regenbogen. Links und rechts lagen Räume, zum Teil verschlossen durch verrostete Eisentüren, zum Teil offen. Hin und wieder gingen Quergänge ab, um die wir uns aber nicht kümmerten. Wir gingen geradeaus voran. Es wurde feuchter, und der Boden war unterschiedlich hoch mit Wasser bedeckt. Langsam bekamen wir nasse Füße. Schmutzige hatten wir längst. Wir kamen an eine Treppe, die aufwärts führte in einen runden Raum mit Schießscharten, die alle verschüttet waren bis auf eine, durch die ein Sonnenstrahl in den Bunker fiel. Das Loch war nur klein, und wir konnten lediglich grünes Blattwerk dadurch sehen. Sonst war in dem Raum außer Betontrümmern und einigen Metallteilen nichts weiter vorhanden. Es roch muffig und feucht. Wir drehten um und gingen in den rechter Hand abgehenden Gang, der bald vor einer verrosteten Eisentür endete. Die Tür hatte keine Klinke mehr und sah abgeschlossen aus. „Das ist bestimmt die Schatzkammer", flüsterte Iris, „versuchen wir sie aufzumachen." Mit beiden Händen stemmte ich mich gegen die Tür, sie gab nicht nach, dann mit dem Rücken, mich mit den Absätzen abstoßend, sie gab nicht nach.

„Versuch es mal mit diesem Betonbrocken“, sagte Iris, und zeigte auf den am Boden liegenden. Ich hob ihn auf. Er war sehr schwer. Ich trug ihn bis vor die Tür und stieß ihn, wie ein Kugelstoßer eine übergroße Kugel stoßen würde, gegen das rostige Metall und sprang zurück. Krachend traf der Brocken die Tür, die durch den Aufprall knirschend einen circa zwanzig Zentimeter breiten Spalt freigab. „Da kommen wir durch“, sagte der Regenbogen, stellte sich parallel zur Lücke und schlüpfte ohne Schwierigkeiten hindurch. „Komm nach“, rief Iris aus dem Dunkel hinter der Tür. Auch ich stellte mich quer zum Spalt, hielt die Taschenlampe hoch über den Kopf und quetschte mich hinein, blieb stecken, kam nicht weiter, weder vor noch zurück. Ich reichte Iris die Taschenlampe, versuchte nochmals durch starkes Drücken und Schieben an der Türkante mich zu befreien, es bewegte sich nichts – ich saß fest! Im Innern der Kasematte sah ich den Schein der Lampe rumgeistern, so, als ob jemand etwas suchte. „Jetzt müssen wir den Heldentod sterben“, hörte ich Iris Stimme, „aber vielleicht haben wir noch eine Chance, hier liegt ein Eisenrohr, das können wir als Hebel benutzen." Sie nahm es und steckte es zwischen Tür und Türstock, nah am Boden zwischen meinen Füßen. Sie stemmte sich dagegen und mit einem plötzlichen Ruck flog die Tür auf, krachte gegen die Wand, und ich stand befreit da. Ich betrat den Raum, und im Kegel unserer recht schwachen Taschenlampe sahen wir Trümmer und Schutt, Stahlhelme, Gasmasken, kaputte Telefone, Funkgeräte und dazwischen eine feldgraue Munitionskiste, die trotz Staub und Feuchtigkeit einen gut erhaltenen Eindruck machte. „Das ist der Schatz!", rief Iris und begann die Kiste freizulegen und ich schloss mich ihr an. Bald waren wir damit fertig. Sie war verschlossen durch eine Stange, die durch die beiden Riegel führte und an einem Ende durch ein Vorhängeschloss gesichert wurde. Das Schloss machte keinen besonders starken Eindruck und die Kiste selbst auch nicht. Aber wir hatten kein Werkzeug dabei und beschlossen deshalb unseren Fund mit nach Hause zu nehmen und dort zu öffnen. Die Kiste war aus Holz, feldgrau lackiert, circa 60 cm lang, 40 cm tief und 30 cm hoch. Sie war auch nicht sehr schwer, und wir beiden konnten sie ohne größere Schwierigkeiten tragen. Bis jetzt hatten wir wenig gesprochen, denn es war schon unheimlich in dem modrig-düsteren Bunker. „Hier könnten wir Führerbunker spielen", verkündete Iris, während wir mit der Kiste durch den Gang stolperten. „Ja", erwiderte ich, „ein verrücktes Spiel, dann bin ich der Führer und du Eva Braun." „Weihnachten im Führerbunker soll richtig gemütlich gewesen sein", hängte der Regenbogen an, und lachend stolperten wir im Schein unserer schwächer werdenden Taschenlampe weiter. „Vielleicht spuken hier noch irgendwelche Geister von gestern herum, aber jetzt muss ich mal, die Aufregung." Ich war froh, die Kiste absetzen zu können, denn mit der Zeit wurde sie immer schwerer. „Gib mir mal die Lampe." Damit verschwand sie in einem der Nebenräume und ich konnte nur noch den schwachen Lichtschein sehen, während ich im Dunkeln stand. Ich hörte ein kurzes, sanftes Plätschern, und dann kam der Lichtschein wieder auf mich zu. „Da bin ich wieder." Wir nahmen die Schatzkiste wieder auf und schleppten sie weiter, ich vorne, sie hinten. Es tropfte von der Decke, und hin und wieder huschten Ratten oder Mäuse davon, denn wir kamen dem Eingang näher, aber bei dem bereits sehr schwachen Lichtschein unserer Lampe konnten wir sie nicht genau erkennen. „Was meinste, was wohl in der Kiste ist?", fragte Iris. „Bestimmt die Tagebücher von Eva Braun", antwortete ich und fand meinen Einfall wahnsinnig lustig, und auch der Regenbogen musste darüber lachen. Wir hatten kein Interesse an weiteren Erkundungen, sondern wollten wissen, was für einen Schatz wir gefunden hatten. So kamen wir an den fast senkrechten Einstieg, hinter dem Eingang zum Bunker. „Hier, glaub' ich , müssen wir unser Seil einsetzen", hatte ich noch nicht zu Ende gesprochen, als ein gewaltiger Donnerschlag Bunker und uns erzittern ließ. Es war, als ob das nicht mehr vorhandene Geschütz direkt neben uns abgefeuert worden wäre. „Wahrscheinlich ein Gewitter", bemerkte Iris, „lass uns das Seil um die Kiste machen, damit wir sie hochziehen können." Wir vertäuten unseren Fund und kletterten die Betontrümmer des Einstiegs hoch, was nicht schwer war. Das Ende des Seils hatte ich mitgenommen, und wir begannen mit vereinten Kräften die Kiste hochzuziehen. Sie blieb hängen, und wir mussten sie durch Nachlassen des Seils und Schaukeln wieder frei machen. Kaum hatten wir den zweiten Versuch begonnen, hing sie schon wieder fest. Wieder mussten wir sie frei machen. Jetzt zogen wir ganz vorsichtig, die Kiste so weit von den Trümmern entfernt, wie unsere Kräfte es erlaubten, die brisanten, noch nicht enthüllten Geheimnisse nach oben. Gerade als wir sie auf den Betonboden des Eingangs heben wollten, gab es einen noch heftigeren Donnerschlag als den ersten, sodass wir vor Schreck das Seil losließen, das heiß durch unsere Hände rutschte. Im allerletzten Moment konnten wir die verhängnisvolle Bewegung stoppen und mit letzter Kraft und schmerzenden Händen unseren Schatz auf die rettende Waagerechte ziehen. Draußen tobte ein schweres Gewitter. Die Donnerschläge erfolgten in immer kürzeren Abständen, und die Blitze tauchten den Eingang in ein nur kurz andauerndes, unheimliches, giftiges Licht. „Hier sind wir sicher und im Trockenen", kommentierte Iris unsere Situation, und wir setzten uns auf die brisante Munitionskiste, um zu verschnaufen und um das Ende des Unwetters abzuwarten. Es war angenehm, neben Iris zu sitzen, und ich hätte sie gerne angefasst, und obwohl das Unwetter bestimmt noch eine halbe Stunde dauerte, verging die Zeit wie im Flug. Die Intervalle zwischen den Blitzen wurden länger, die Zeit zwischen Blitz und Donner ebenso, der heftige Regen ließ nach, und dann brach die Sonne wieder durch, der Himmel wurde seltsam blau und hell und ein riesiger Regenbogen überspannte das Land.

„Wir sollten uns jetzt langsam auf den Heimweg machen", sagte Iris, „meine Großmutter wartet, sie ist, wenn ich nicht pünktlich bin, sehr komisch." Wir banden die Kiste mit dem Seil auf meinem Gepäckträger fest, sie war etwas schwer, was zu einer leichten Instabilität des Fahrverhaltens meines Rades führte. Wir fuhren durch die dampfenden Felder unter dem sich langsam verflüchtigenden Regenbogen heim.

Wir machten noch aus, sie hatte es sehr eilig, morgen gemeinsam die Kiste zu öffnen und den Inhalt zu untersuchen.

Am anderen Tag kam Iris nicht. Nur ein kleiner Zettel war unter der Tür durchgeschoben: ‚Kann heute nicht. Iris'. Ich sah sie auch nicht, ihre Schule lag in einem anderen Viertel, und unsere Wege kreuzten sich nur in der Nähe unserer Wohnungen, und ich hatte sogar das Gefühl, sie ginge gar nicht zur Schule.

Nachmittags, meine Mutter hatte ihren freien Tag, bekamen wir wieder Streit und sie schimpfte, ich sei genau so schlimm wie mein Vater, den ich aber nicht kannte, nicht mal ein Bild hatte ich, meine Mutter hatte alle vernichtet. Über ihn wusste ich nur, dass er sowas wie ein Künstler gewesen sein musste, aber Genaueres nicht, und meine Mutter wollte darüber nicht sprechen. Also fing ich an, mir meinen Vater zu erfinden, so wie ein Schriftsteller seine Figuren erfindet. Ich stellte mir vor, wie er aussehen könnte: Groß und stark, mit Glatze und Vollbart große heroische Skulpturen aus riesigen Marmorblöcken schlagend, oder klein und intellektuell, intelligente Bücher schreibend, oder als Musiker lang und dünn mit Fliege und Frack, nur ein passendes Instrument fiel mir nicht ein. Vielleicht war er auch Maler? Aber dann fand ich meine Überlegungen doch müßig, und ohne konkrete Informationen mussten sie zwangsläufig unverbindliche Fantasiegebilde sein und bleiben.

Ich ging in die Waschküche und sah mir die Schatzkiste an. Zu gerne hätte ich sie geöffnet. Es kribbelte mir in den Fingern, aber ich hatte Iris versprochen, es gemeinsam zu tun. Ich holte Hammer, Zange und einen Meißel aus unserem Keller und legte die Werkzeuge neben die Kiste. Meine Mutter hatte schon über sie geschimpft. Was ich denn mit dem hässlichen Ding wolle, und von Munitionskisten habe sie ein für alle Mal die Nase voll. Ich sagte ihr, wir wollten den Inhalt prüfen, und dann käme sie aus dem Haus.

Am anderen Morgen, ich wollte gerade durch die Haustür, mich auf den Weg zur Schule machen, fand ich einen kleinen, weißen Zettel durchgeschoben mit dem Text: ‚Habe heute ab 14:00 Uhr Zeit. Der Regenbogen'. Und dann klein: ‚P.S.: ‚Dann können wir Eva Brauns Kiste öffnen!' Punkt 14:00 Uhr stand Iris vor unserem Gartentor, zartfarbig wie ein Regenbogen und auch so duftend. „Tag Namenlos", begrüßte sie mich, „jetzt holen wir Eva Brauns Tagebücher raus, lesen und verkaufen sie." Wir gingen in die Waschküche, wo die feldgraue Munitionskiste stand, das Werkzeug zum Öffnen danebenliegend. Einen passenden Schlüssel für das Schloss hatte ich nicht gefunden, obwohl ich alle Schlüssel von Vorhängeschlössern, die wir hatten, durchprobiert hatte. „Brechen wir sie auf", schlug der Regenbogen vor, „auf den Inhalt kommt es an." „Ich find es schade, wenn die Kiste dabei kaputt geht", widersprach ich, denn ich wollte die Kiste als Trophäe und magisches Objekt für mein kleines Dachzimmer haben. „Vielleicht kann man das Schloss mit Hammer und Meißel sprengen, gib mir mal die beiden", meinte Iris. Ich gab ihr das Gewünschte, und sie setzte den Meißel mit der Schneide zwischen die beiden Bügelenden, nahm den Hammer, machte einen kurzen Schlag, so schnell, dass ich ihn gar nicht mitbekam, und das Schloss war auf! Wir zogen es aus der Stange und die Stange aus den

Riegeln, klappten die Riegel hoch und – jetzt kam der große Moment – öffneten gemeinsam den Deckel, der unwillig knarrtschte, und es kam kein Geist aus der Kiste, der uns bedroht oder uns für seine Rettung etwas versprochen hätte, auch nicht der von Eva Braun, und es waren auch keine prächtigen Tagebücher in Leder mit Goldprägung zu sehen, sondern ein Chaos aus unterschiedlichsten Papieren, eine kleine goldene Anstecknadel mit Hakenkreuz, ein Dolch mit eingravierter Aufschrift ‚Meine Ehre heißt Treue' sowie zwei graue Ordner mit steif beschrifteten Rückenschildern, abgestoßen und viel benutzt aussehend. In dem einen waren Namenslisten, wobei manche Namen angekreuzt und andere durchgestrichen waren. Da war ein Foto von einem jungen Mann in schwarzer Uniform, und der sah unserem Bürgermeister, den ich schon oft in der Zeitung gesehen hatte, irgendwie ähnlich, nur dass der Mann auf dem Foto viel jünger war. Viele der Dokumente verstanden wir nicht, wussten nicht, was sie bedeuteten. Den Wert von zwei Bündeln 100-Reichsmarkscheinen hatte die Währungsreform vernichtet. Das Buch ‚Mein Kampf', von dem wir schon gehört hatten, sah ungelesen aus und hatte auf dem Vorsatzblatt eine Widmung: ‚Dem Gausieger im Reichsberufswettkampf' in einer eckigspitzen Schrift, die wir kaum lesen konnten. Ich hatte vom Dritten Reich, von den Verbrechen, von den Nürnberger Prozessen, gehört und gelesen, darum sagte ich zu Iris: „Ich glaube, den Schatz sollten wir abgeben. Den Dolch, das Abzeichen und das Buch können wir ja einfach behalten." „Ich glaube, das bringt nichts, aber wir können es trotzdem tun, der Typ auf dem Foto sieht wirklich aus wie unser Bürgermeister in der Zeitung, nur jünger." Ich fand es schade, den Schatz abzugeben, denn ich hätte die Kiste und auch die Dokumente gern gehabt. Wir nahmen das Buch, die goldene Anstecknadel und den Ehrendolch heraus und machten die Kiste wieder zu und beschlossen, unseren Fund am nächsten Tag auf dem Rathaus abzugeben. Als Iris sich verabschiedete, ohne dass wir einen Termin abgemacht hatten, gab es einen kleinen Regenschauer, aber ein Regenbogen wollte sich nicht einstellen.

Die nächsten Tage wartete ich vergeblich auf eine Nachricht von Iris. Die Kiste, über die meine Mutter schimpfte, stand im Keller, es regnete nicht, aber die Sonne ließ sich, wie Iris, auch nicht sehen und die Geschichte nahm ohne besondere Vorkommnisse ihren Lauf.

Am Samstag fand ich einen Zettel unter der Tür durchgeschoben: ‚Montag 14:00 Uhr, Iris'. Der versetzte mich in eine freudige Erregung, und ungeduldig wartete ich, dass die Zeit bis Montag Nachmittag verging. Und die verging sehr langsam.

Um 14:00 Uhr klingelte es. Meine Mutter war bereits aus dem Haus. Der Regenbogen stand vor der Tür. „Grüß dich Namenlos", sagte sie, lächelte mich vielsagend an, „Rathaus oder Gericht, das ist die Frage?" „Bei Gericht muss doch erst einer 'ne Klage einreichen", entgegnete ich, „sollen doch die auf'm Rathaus die Dokumente prüfen und entscheiden, was sie damit machen."„Also bringen wir sie zum Rathaus", antwortete sie, und wir banden die Munitionskiste mit den brisanten Geheimnissen auf meinen

Gepäckträger und fuhren zum Rathaus. Wir parkten die Räder davor, banden die Kiste los und trugen sie die Treppe rauf durch die Rathaustür bis zur Auskunft. Wir fragten, wo wir denn unseren Fund abgeben könnten, und der blinde und einarmige Mann an der Auskunft (heute sagt man Information) sagte, so eine Kiste sei bestimmt für den Bürgermeister interessant, und er nannte uns die Nummer des Vorzimmers, rief dort an und avisierte uns. Wir trugen die Kiste ein weiteres Stockwerk hoch, einen langen Gang entlang bis zu dem besagten Zimmer. Die Sekretärin des Bürgermeisters, eine Dame in einem grauen Kostüm, fast wie unsere Kiste, Halbschuhen und mit einem strengen Knoten, empfing uns, sagte, der Bürgermeister sei gerade in einer wichtigen Sitzung (eine häufig gebrauchte Ausrede), ließ uns aber vom Bürgermeister herzlichen Dank ausrichten, sagte, wir seien richtig gute Staatsbürger, wir würden wieder vom Rathaus hören und vielleicht sogar den Ehrenteller der Stadt bekommen. Irgendwie gingen wir enttäuscht heim und einen Regenbogen, obwohl es kurz regnete, gab es auch nicht.

Die Zeit verging wie die Geschichte, wir hörten nichts vom Rathaus, den Ehrenteller bekamen wir auch nicht, und Iris meinte, wir sollten doch mal anrufen und nachfragen. Das taten wir dann auch. Von der Telefonzelle. Ich kam bis zur Sekretärin durch, und fragte sie, was denn mit der Kiste geworden sei und warum wir nichts wieder gehört hätten. Die Sekretärin tat nett und sagte, sie wisse es auch nicht, aber die Kiste sei verschwunden und niemand wisse wohin. Aber den Teller bekämen wir. Drei Tage später bekam jeder von uns den Ehrenteller mit der Post. Immer wenn ich den Bürgermeister in der Zeitung sah, echt habe ich ihn nie gesehen, musste ich an das Foto in der Kiste denken und an die Namenslisten. Als wir wieder mal rausfuhren zum Bunkereingang, war dieser total zugeschüttet und ein Betreten dieser Anlage nicht mehr möglich, es sei denn, man hätte bergbautechnische Mittel eingesetzt. Auf der Heimfahrt gab es einen kleinen Regenbogen, fast unsichtbar, und Iris sagte, sie müsse jetzt heim, ihre Großmutter warte auf sie, und damit war das Unternehmen ‚Führerbunker' abgeschlossen.

Wieder vergingen einige Tage des Wartens und der Ungeduld. Die Erde drehte sich um sich selbst, jeden Tag einmal, und zog weiter auf ihrer Bahn um die Sonne, jeden Tag ein Dreihundertfünfundsechzigstel, und ich hatte manchmal in der Herzgegend oder etwas darunter dieses seltsam flimmernde Gefühl, das entsteht, wenn man meint, es nicht mehr aushalten zu können. Und als es am allerschlimmsten war, fand ich unter der Tür durchgeschoben einen Zettel mit der Botschaft: ‚Morgen 14:00 Uhr, Iris'. Punkt 14:00 Uhr stand Iris, der Regenbogen, vor der Tür. „Komm, hol die Räder rauf , den Künstler sollten wir observieren, vielleicht entdecken wir was Interessantes." Wir fuhren raus zu der ehemaligen Autowerkstatt, die jetzt Atelier war, so wie sich viele Dinge verändern und Menschen auch. Stellten die Räder an der Mauer ab, die außen das Anwesen begrenzte, und kletterten auf die Mauer und dann von der Mauer aufs Dach der Garage, die niedriger war als die eigentliche Werkstatt, die jetzt das Atelier war. Von dort über eine kleine Eisenleiter auf das Atelierdach, das mit Dachpappe gedeckt war, und einen stark verwitterten Eindruck machte. In der Mitte des Daches war ein großes Oberlicht aus Glas, dreieckig, wie ein aufgesetztes Satteldach. Durch dieses Fenster wollten wir herausfinden, was an diesem verrufenen Ort wirklich stattfand. Geduckt schlichen wir auf das Oberlicht zu. Das Dach knackte und federte. Wir erreichten das Fenster und wollten gerade mit der Observation beginnen, als es laut im Dach krachte, und der Künstler, der Verrückte, der mitten im Atelier stand, ein Weinglas in der Hand, sein Modell in einer seltsam verkrampften Pose auf einer Art Podest, uns, oder eher doch mir, direkt in die Augen sah.

„Scheiße!“, rief Iris, „er hat uns entdeckt!“ „Nix wie weg“, flüsterte ich. Wir duckten uns und kletterten vorsichtig zurück von dem großen Oberlicht, das die Autowerkstatt, die zum Atelier mutiert war, von oben belichtete, gleichmäßig und weich, geeignet für Reparaturen wie für die Kunst. Das Dach knarrtschte gefährlich und bog sich schneller und schneller werdend nach unten durch. Ich fiel. Neben mir und über mir: morsche Dachlatten, Sparren, Fetzen von verwitterter Dachpappe und was man sonst noch alles so in einem Dach findet. In Rückenlage sah ich Iris neben dem Loch stehenbleiben, oder schweben, so als ob die Gravitation auf sie keinen Einfluss habe. Ich fiel weiter, und das Fallen kam mir unwahrscheinlich lang vor, und dann wurde es plötzlich dunkel. Wie durch einen Nebel hörte ich Stimmen. „Wir müssen den Krankenwagen rufen", sagte eine tiefe Männerstimme. Vorsichtig machte ich die Augen einen ganz, ganz kleinen Schlitz auf. Das Licht blendete mich. Ich sah in ein unrasiertes Gesicht mit gelben Zähnen, ganz kurzen Haaren, der Stirnbereich haarlos, das sich ganz nah über mich beugte. Ich roch die Alkoholfahne und die Zigaretten. „Keine Angst", sagte der Mund mit den gelben Zähnen „der Krankenwagen kommt gleich." Die kräftige, aber nicht dicke junge Frau stand im Hintergrund und hatte sich eine alte graue Decke umgehängt mit eingewebtem weißen Streifen, die sie auch damals umhatte, als ich mit meinem Freund Herbert durch dasselbe Fenster, aber ohne Einbruch, geschaut hatte. Mehrere große Bilder, fertige und unfertige, aber das kann man bei der modernen Kunst nie genau sagen, standen an den Wänden, zum Teil mehrere vor- und hintereinander, offensichtlich die Frau, das Modell in sehr seltsamen, unanständigen Posen zeigend. Meine Mutter hatte mich gewarnt, als ich ihr erzählte, dass wir den Künstler observiert und von den seltsamen Bildern, die wir gesehen hatten. Der Künstler sei kein Umgang für uns, und es gehöre es sich nicht, andere Menschen zu beobachten.

„Sei ganz ruhig", sagte der Mund mit den gelben Zähnen, „es wird schon nicht so schlimm werden." In der Ferne hörte ich ein Martinshorn. Es kam näher. Draußen quietschten Reifen, die Tür ging auf, zwei Männer in weißen Anzügen und mit einer Tragbahre kamen herein. Einer beugte sich über mich, sah mich mit Fischaugen an und sagte: „Wollen doch mal sehen, ob noch alles dran ist?" Er nahm meinen Arm, fühlte meinen Puls, nahm mit weichen, etwas kühlen Händen meinen Kopf, betastete Brust, Bauch und meine Beine. „Fraktur des rechten Unterschenkels und Verdacht auf Gehirnerschütterung. Nehmen wir ihn mit!" Die beiden

Weißen legten mich vorsichtig auf die Bahre. „Ist es was Ernsthaftes?", fragte die tiefe Stimme, und der Fischäugige antwortete: „Glaub’ ich nicht." Sie nahmen die Trage auf, trugen mich zum Krankenwagen und schoben mich hinein. Der Fischäugige gab mir eine Spritze, der Wagen startete und fuhr mit hoher Geschwindigkeit einem Ziel entgegen, das ich nicht kannte. Mein Bein schmerzte und in meinem Kopf drehte sich alles. Eine kühle Hand legte sich auf meine Stirn, und ich hatte das Gefühl, ich sei im Meer und ein großer Fisch grinse mich an. Und dann wurde es dunkel.

Als ich wieder zu mir kam, lag ich in einem weißen Bett. Mein Bein war eingegipst und mein Kopf hatte einen Verband. Ich sah Hellgelb-Orange-Grün-Blau, ja ein wenig Violett und eine seltsam blasse Hand hielt die meine. „Hallo Namenlos", sagten die Farben, „ich bin Schwester Iris vom barmherzigen Regenbogen und freue mich, Sie aus dem Land der dunklen Träume zurückkehren zu sehen." „Wo bin ich?", fragte ich. „Das ist geheim", antworteten die seltsamen Farben. „Agenten, die erwischt werden, bekommen eine Gehirnwäsche, werden umgedreht und ihre alte Identität wird ausgelöscht." „Lass den Quatsch", erwiderte ich bereits ziemlich verärgert, aber wer den Schaden hat, braucht für den Spott nicht zu sorgen. „Nicht so bald", ertönte eine tiefe Stimme aus dem Hintergrund, „für die nächsten Einsätze musst du erst fliegen lernen und dich unsichtbar zu machen." Er gab mir die Hand und sagte: „Grüß dich, ich bin K., Künstler, Suchender, Versager, Alkoholiker, und das ist Maja, meine Geliebte, Freundin, Muse, Modell und auch Mutter. Kommt, jetzt machen wir ein Pola: Spion getarnt als Patient mit Turban und Gipsbein. Iris, zieh doch mal die Vorhänge auf." Iris schob die Vorhänge auseinander, und es hatte wohl vorher gerade geregnet, die Reste eines sich verflüchtigenden Regenbogens standen am Himmel.

Die Tage im Krankenhaus, das etwas außerhalb lag, vergingen quälend langsam. Von Iris bekam ich nur eine Postkarte: ‚Freue mich, wenn du wieder da bist. Gute Besserung und Gruß vom Regenbogen'. Meine Mutter besuchte mich zweimal in der Zeit, und vom Künstler und seiner Muse bekam ich eine Einladung. Das war ein großer Umschlag, in dem folgende Dinge waren: Ein Buch: ‚Der dritte Mann', eine Kriminalgeschichte. Wahrscheinlich eine Anspielung auf unsere Observation und den dahinterstehenden Auftraggeber. Dazu eine lustige Zeichnung: ‚Ikarus' Sturz durchs Garagendach' mit dem Text: Mitunter ist es gefährlicher, einem Fenster oder einer Person zu nahe zu kommen als der Sonne. Um Eure Neugierde zu stillen und weitere Observationen überflüssig zu machen, laden wir Euch zu einem Werkstattgespräch am Mittwoch, den 16.,16:00 Uhr, in die Werkstatt ein, in die Du schon einmal unwillentlich gefallen und die der Grund für Deinen momentanen Aufenthalt hier ist. Gruß K. & Maja (wahrscheinlich benannt nach der ‚Nackten oder Bekleideten' von Goya). Meine drei Zimmergenossen waren alle zu klein und intellektuell und auch sonst keine Gesprächspartner für mich, und so verging die zweite Woche sehr langsam, lediglich etwas beschleunigt durch das Lesen des Buches. Obwohl ich einen schönen Blick aus dem Fenster in die Landschaft hatte und es einige Male regnete, und das ist in unseren Breiten ja keine Seltenheit, gab es keinen Regenbogen. Und so fieberte ich mit einer gewissen Unruhe im Herzen meiner Entlassung entgegen. Der Zeitpunkt kam näher. Ich hatte eine hölzerne Krücke bekommen, die ich aber eigentlich nicht brauchte. Ich saß unruhig auf der Bettkante, als die Tür aufging und Blass-gelb-orange-grün-blau hereinkamen und sagten: „Tach Namenlos, alles O.K.? Ich soll dich abholen, deine Mutter hat keine Zeit." Dabei gab sie mir eine kühle Hand. „Komm, ich nehme deine Tasche, und dann fahren wir mit der Straßenbahn heim." Ich war ganz konfus und humpelte wie in Trance hinter Iris drein. Durch die Krankenhausflure, den Lift, das Portal bis zur Straßenbahnhaltestelle ‚Städtisches Krankenhaus'. Die Bahn kam. Der Schaffner mit seiner Bauchladenkasse kassierte das Fahrgeld und die Bahn setzte sich klingelnd in Bewegung. „Ich konnte nicht kommen", erklärte Iris, „meine Großmutter, du weißt, sie ist sehr komisch, ließ es nicht zu. Bitte sei mir nicht böse, und frag' nicht warum und wieso." Wir saßen nebeneinander auf der harten aus schmalen Holzleisten bestehenden Bank, und ich war so glücklich wie nie zuvor.

Die Zeit bis zum Werkstattgespräch verging, ich hatte ja noch schulfrei, und Iris kam nur einmal kurz vorbei, mit der gewissen Spannung der Erwartung. Es wurde Mittwoch. Es wurde fünfzehnuhrdreißig – Iris kam nicht. Es wurde fünfzehnuhrfünfundvierzig – Iris war immer noch nicht da. Ich war enttäuscht, nervös und musste jetzt los. Ich holte mein Rad aus dem Keller, tat die Krücke auf den Gepäckträger, schwang mein Gipsbein über die Stange und fuhr los. Es ging leidlich. Aber es war ja nicht so weit, und pünktlich stand ich vor dem Eisentor und klingelte. Maja öffnete mir, führte mich durch den Hof mit den seltsamen Objekten in die Hauptwerkstatt, einen großen Raum mit Fabrikfenstern, Sitzgelegenheiten aus alten Autositzen, einem Tisch aus Schrottteilen unterschiedlichster Art, auf dem eine Torte mit Blaulicht blinkte, und dazu ertönte das Tatü-Tata eines Martinhorns. Das war irre, aber mir auch irgendwie peinlich und unangenehm. „Das ist deine Torte“, empfing mich K. und streckte mir seine Hand entgegen,

„Iris kommt bestimmt noch, setz' dich, wohin du willst." Ich setzte mich auf ein 2er-Sofa aus einer alten Autositzbank vor dem flachen, aber großen Tisch mit der Blaulichttorte. „Wie geht es deinem Bein?", fragte mich Maja, und ich hatte das Gefühl, dass es sie echt interessierte. „Gut!", antwortete ich, „ich kann sogar schon wieder Rad fahren." „Ich hoffe, deinem Kopf geht es auch wieder gut", sagte K., „mit dem hat man die meisten Schwierigkeiten, auch wenn er nicht weh tut." Ringsum standen große Bilder an den Wänden. Keines war aufgehängt. In der Mitte, unter dem Oberlicht, das wieder repariert war, wie auch das Dach, stand eine große Staffelei. Darauf, nur andeutungsweise zu erkennen, ein Akt von Maja, zusammengekauert wie ein Fötus, scheinbar noch nicht ganz fertig, aber das kann man bei der modernen Kunst nie genau sagen. An den Wänden weitere Bilder, das Thema variierend, und auch einige wohl ältere, stilistisch andere. Schriftbilder wie Schrifttafeln mit Texten in der Schrift des Dritten Reiches: ‚Meine Ehre heißt Treue', ‚Gott mit uns', ‚Entartete Kunst', Flächen in Feldgrau wie unsere Muni-

tionskiste, auch einfache Farbflächen und Ve r-
suche mit Regenbögen. Ich fand das alles sehr
interessant, aber auch sehr verwirrend, und am
meisten bewegte mich, dass Iris nicht kam. Ich
sah auf meine Uhr. Es war immer noch 16:00
Uhr. Die Zeit war stehengeblieben. Die Frage
war nur: War das Uhrwerk abgelaufen, hatte ich
vergessen, sie aufzuziehen, war meine Uhr
kaputt oder war die Zeit wirklich stehengeblieben? „Sie kommt schon noch", tröstete mich
Maja. „Komm, wir trinken erstmal einen!" Sie
hielt mir ein Sektglas mit Orangensaft hin und
schüttete ein wenig Sekt dazu. Ich hatte sowas
noch nicht getrunken, und Maja und K., sie tranken den Sekt pur, stießen mit mir an und beton-
ten nochmals, das Dach hätte sowieso repariert
werden müssen und sie seien froh, dass mir nicht
mehr passiert sei. „Wir warten noch ein wenig",
sagte K., „und wenn sie dann nicht kommt, fan-
gen wir an." Der Sekt stieg mir zu Kopf, machte
mich schwebend und beschleunigte die Zeit. Es
klingelte. Maja öffnete die Tür im Hof. Die
Farben des Regenbogens kamen herein, sagten:
„Entschuldigt meine Verspätung, meine Groß-

mutter machte Schwierigkeiten und ich konnte nicht eher." Sie gab allen die Hand und setzte sich zu mir auf das Autositzbanksofa an den Tisch mit der Blaulichttorte. Jetzt konnte ich das Atelier, diesen obskuren Raum unseres Interesses, näher und in Ruhe betrachten. Boden und Wände waren bespritzt und farbverschmiert in allen Farben des Regenbogens und mehr. Auch K's Anzug, ein grauer Overall, ebenso. Dazu trug er dicke Knobelbecher, von denen er später einmal behauptete, sie beim Russlandfeldzug, dem Unternehmen Barbarossa, getragen zu haben, was ich aber nicht glaubte. Die Bilder, die an den Wänden standen, offensichtlich aktuelle Arbeiten, waren figürlich, teils sehr naturalistisch, fast wie Fotos, teils sehr wild, gespachtelt, geschmiert, dick pastos mit heftigen Pinselstrichen. Seltsam fand ich das, aber auch irgendwie interessant. Da gab sich einer große Mühe, malte akribisch und exakt ein Bild und zerstörte es dann wieder, indem er alle wichtigen Details, zum Teil fast alles, wieder übermalte, besudelte, beschmierte. „Etwas unanständig", befand Iris, „aber die meisten Unanständigkeiten hast du ja wieder übermalt, unkenntlich gemacht, zensiert." „Zensur, Freiwillige Selbstkontrolle, vielleicht wollte ich das ausdrücken, ich weiß es selbst nicht genau, die Leute irritieren mit malerischen Mitteln aber die sind begrenzt. Ein Bild ist nur ein Bild, ein Rechteck mit Farben drin, je nachdem, die Illusion der Realität oder der Farbempfindung, Gefühle, vielleicht auch Gedanken auslösend wie eine Droge. Ein Bild ist so wenig real wie eine Geschichte, ein Film, wie die Landschaft, die Milchstraße, das Universum. Jedes Bild ist nur Abbild und existiert nur in unserem Kopf." Er steckte sich eine dieser fürchterlich stinkenden französischen Zigaretten an. Die Flasche Sekt, ich glaube, es war Champagner, war leer, und Maja brachte französischen Rotwein, fragte uns, ob wir den auch mal probieren möchten, wir müssten aber nicht, könnten auch Saft oder Mineralwasser oder Cola haben. „Ich glaube, ich habe schon wieder zu viel getrunken", seufzte K., „aber das möchte ich noch sagen, unsere Wahrnehmung ist eine Überlebensstrategie der Evolution. Aber das hat nichts mit Malerei, der Kunst zu tun, und wahrscheinlich ist die Malerei längst tot, länger tot als Kasimir Malewitsch' ‚Schwarzes Quadrat'. 1913 gemalt mit der Aussage: ‚Von Malerei kann hier keine Rede mehr sein. Die Malerei ist tot'. Und wahrscheinlich ist die Kunst des Überlebens die einzig wahre Kunst."

Ich durfte die Blaulichttorte ausschalten. Den Ton hatte Maja, die nicht wirklich Maja hieß, schon vorher, da er sehr nervte, abgestellt. Dann musste ich sie anschneiden. Es war eine Art Käsetorte, marmoriert durchzogen von allen Farben des Regenbogens. Ich gab jedem ein Stück, und wir stießen nochmals auf alle Farben und Regenbögen an. „Eat Art", sagte K., „guten Appetit, seid euch bewusst, dass ihr die ersten seid, die seit Bestehen des Universums eine Regenbogen-Blaulichttorte essen. Er schaltete Blaulicht und Martinshorn wieder ein, und so war es vielleicht die erste optisch und auditiv aktive Torte seit Bestehen der Kunst, die wir genossen, und ich habe nie wieder eine so interessant schmeckende gegessen. K. wurde immer verrückter, steckte sich eine Zigarette an der anderen an, und das Glas war dauernd leer. „Ihr wolltet mich also auskundschaften?", begann K., „In wessen Auftrag? Der Staatssicherheit, die immer gefährdet ist, der Freiwilligen Selbstkontrolle des Deutschen Künstlerbundes oder für den Stadtanzeiger? Gesteht! Und ihr kriegt ein Jahr weniger – als lebenslänglich." „Ist das Urteil nicht etwas hart?", merkte Maja an, „bedenke die Jugend der Angeklagten, die fehlende Volljährigkeit, das Nichtabsehen der Tragweite ihres Handelns." „Gut, zwei Jahre weniger als lebenslänglich", entgegnete K., „aber mehr Rabatt ist nicht drin!"

„Hohes Gericht", begann Iris, „von Iris, der Göttin des Regenbogens, haben wir den Auftrag, dich und dein Treiben in Sachen Regenbogen zu beobachten. Den eventuellen Missbrauch seiner Farben, seiner Form zu berichten an den Ausschuss zum Schutze des Regenbogens. Was bleibt einem armen Kind anderes übrig, wurde ihm doch angedroht, bei Zuwiderhandlung selbst in solch flüchtiges Gebilde verwandelt zu werden. So wurde ich wider Willen zur Mata Hari des Regenbogens, deren Tugend der Verrat ist. Namenlos wurde zur Mittäterschaft verführt und ist im Grunde schuldlos, hat er es doch mir zuliebe getan. Darum bitte ich um Freispruch, da die Information noch nicht weitergegeben wurde und so kein Schaden entstanden ist. Wir rechnen auf Verständnis und Milde des hohen Gerichts." „Das ist ja ein irres Plädoyer", befand Maja, und das fand ich auch. „Was weißt du denn von Mata Hari?", fragte K. in seinem farbbesudelten Overall, steckte sich eine weitere Zigarette an und schüttete sich ein weiteres Glas Wein ein. „Das war eine berühmte Spionin, Tänzerin, Abenteurerin, die erschossen wurde, die aber so wenig wirklich Spionin war, wie ihr Name ihr wirklicher war." „Toll, deine Gedanken", sagte K., und ich musste mich immer mehr wundern. „Ich habe versucht, Mata Hari zu malen, die Verführerin als Verführte, die Verräterin als Verratene, den Tanz der Verführung zum Verrat, aber die Bilder sind misslungen, und vielleicht ist es kein Thema für die Malerei. Sie stehen irgendwo im Lagerraum." „Das würde ich gern sehen", sagte ich. „Es ist für heute zu schwierig, sie rauszusuchen", erwiderte K., „lasst uns heute lieber miteinander reden." Er steckte sich schon wieder eine Zigarette an, und sein Glas war schon wieder fast leer. „Die Geschichte ist voll von Verrat, und meistens kam der Verrat von oben, haben die Könige, Kaiser, die Mächtigen, die Führer ihre Untergebenen, ihr Volk verraten. Aus dem Gedanken machte ich meine ‚Feldgraue Serie‘, Schriftbilder auf feldgrauem Grund mit Propagandatexten des Dritten Reiches und der Großdeutschen Wehrmacht in der Schrift des Dritten Reiches: ‚Gott mit uns‘, ‚Meine Ehre heißt Treue‘, ‚Für Führer, Volk und Vaterland‘, ‚Entartete Kunst‘ und so weiter und so weiter. Aber die Kritik fand, das sei keine Kunst, formal Typographie und geistig Propaganda, dabei war die meiste Kunst der Geschichte Auftragskunst und Propaganda. Mit so hehren Zielen wie Verherrlichung der Mächtigen, Angabe und Eitelkeit, Einschüchterung der Ungebildeten.“

Wir aßen noch ein Stück Blaulichttorte, die nach Regenbogen schmeckte, tranken noch ein Glas Orangensaft, K. und Maja rauchten und tranken Rotwein. Iris, die ein zweites Glas Orangensaft mit Sekt getrunken hatte, wurde immer lustiger, aber nicht unangenehm, sondern so, wie ich mir vorstellte, ein Regenbogen lustig sein müsste. K. holte einen großen, dicken Kunstbildband, Maja eine Platte mit kleinen Pumpernickelschnittchen mit Schinken, Lachs und verschiedenen Käsearten, geometrisch angerichtet wie ein Bild, und der oder die erste, die eines nehmen würde, würde das Bild zerstören. „Bedient euch!", sagte Maja, und K. schlug ein Bild auf: Ein sich aufbäumendes Pferd mit wehender Mähne und Schweif, aufsitzend ein junger Mann mit einem roten Umhang, die rechte Hand nach oben in unerreichbare Höhen weisend, im Hintergrund, klein, anonym, unbedeutend die Truppe hinter einem Felsgrat, wahrscheinlich ein Geschütz über einen Pass im Gebirge knechtend. „Das Bild heißt", begann K., „Napoleon Bonaparte am 20. Mai 1800, die Alpen überschreitend, Großer Sankt Bernhard, ein übles Propagandabild, das nichts", und hier wurde K. wütend, „das nichts, aber auch gar nichts mit der wirklichen Geschichte, der wirklichen Überquerung zu tun hat. Ein pathetisches", und hier nahm er wieder einen größeren Schluck und steckte sich eine neue Zigarette an,

„unglaubwürdiges Reklamebild, Öl auf Leinwand im Goldrahmen. Napoleon war ein schlechter Reiter, ritt nicht gern. Er war Artillerist, fuhr lieber Kutsche. Der Maler Jaques Louis David war zunächst Hofmaler der Revolution, dann Hofmaler Napoleons, dessen Größe und Genie er verherrlichte, nachdem er die Revolution genauso verraten hatte, wie Napoleon sie verriet. 5 – 6 Millionen Menschen starben für Ruhm und Ehre, wessen Ruhm und Ehre", und hier wurde er noch wütender, „verhungerten, erfroren, wurden zerrissen, erschossen, für immer zu Krüppeln gemacht. Er ist ein gutes Beispiel für den korrumpierbaren, opportunistischen Künstler der Geschichte und bei weitem nicht der einzige im Kunstverein der Opportunisten." Er machte eine Pause, nahm einen kleinen Schluck, steckte sich eine weitere Zigarette an und fuhr fort: „Auch ein Großteil der religiösen Malerei ist nichts weiter als Propaganda für eine Religion, in einer Zeit, in der die meisten Menschen weder lesen noch schreiben konnten. Und die Kirche, die damals fast die totale Macht hatte, wollte das auch nicht." „Was ist denn ein Opportunist?", wollte Iris wissen, „einer, der in der Opposition ist?“ K. nahm einen Schluck, atmete tief und erwiderte: „Genau das Gegenteil, ein Mitläufer, der immer seinen Vorteil sucht, egal, wie gut oder schlecht die Macht oder die Institution ist. Und es gibt viele Opportunisten, nicht nur in der Kunst, das ist der allerkleinste Teil. Und die wiederum haben die Napoleons und auch die Stalins und Hitlers erst möglich gemacht. Die andere Ursache für die Katastrophen der Geschichte sind falscher Glaube, falsche Ideologien, Fanatismus, die skrupellose Sicherung der Macht und damit verbunden die Unterdrückung, ja Vernichtung der Andersdenkenden, der Freiheit.“ Er hatte sich in Rage geredet, durch das viele Rauchen war er etwas kurzatmig. Er machte eine Pause, trank wieder einen Schluck, und ich fand, er schwankte auch schon etwas. Maja saß freundlich und aufmerksam dabei, sagte wenig, nur einmal: „K., trink doch nicht so viel.“ Iris sagte, ihre Großmutter hätte ihr vom Russlandfeldzug Napoleons erzählt, und der sei schiefgegangen, wie auch der Hitlers. „Das kann man sagen“, bestätigte K., „mit

600.000 Mann zog Napoleon los. Dem größten Heer, das die Welt bis dato gesehen hatte, und die Geschichtsschreibung, und das ist ja auch nur eine Schreibung, die die Wirklichkeit der Geschichte nicht wirklich darstellen kann, sondern nur in Zahlen, Worten, Zeichen, die in unserem Kopf ein Bild, eine Vorstellung auslösen, in jedem eine andere, also die sagt, dass weniger als 10%, nur zwischen 40 - und 60.000 dieses Abenteuer, bei dem die wenigsten freiwillig dabei waren, überlebten. Doch da habe ich eine lustige Anekdote. Weißt du, wie dieses Brot heißt, in das du gerade reinbeißt?" „Ja, Pumpernickel", antwortete ich. K. musste erstmal husten und begann: „Also, der Name Pumpernickel soll entstanden sein während des Russlandfeldzugs Napoleons. Wenn auch sonst alle hungerten, wurde natürlich Napoleons Pferd nur mit bestem Futter, mit Kommissbrot versorgt. Und das nannten französische Soldaten, die das Pferd fütterten: ‚Pain de Nicole', denn das Pferd hieß Nicole. Das verballhornten Soldaten nichtfranzösischer Nationalität zu ‚Pum-per-nickel'. Ob's stimmt, weiß ich nicht, aber was weiß man schon genau. Das Etymologische Wörterbuch sagt, es käme von pumper und Nickel, pumper bedeutet furzen und Nickel ist die Kurzform von Nikolaus, also furzender Nikolaus." „Napoleons Pferd hieß Pumpernickel!", rief Iris, „Pumpernickel finde ich auch lustiger als Nicole und der Reiter ist der furzende Napoleon in Nikolausuniform.",Das ist respektlos", antwortete K., „aber Napoleon soll tatsächlich unter starken Blähungen gelitten haben." Er steckte sich eine weitere Zigarette an und schüttete sich ein neues Glas Wein ein. Der Regenbogen wurde immer lustiger, saß mit angezogenen Beinen auf dem Autositzbanksofa. Ihr himmelblaues Kleid war hochgerutscht, und man konnte zeitweise sogar ihr kleines weißes Höschen sehen, und sie sagte Sachen wie: „Ich will auch mal Künstlerin werden oder irgendwas anderes Verrücktes." Aber so genau habe ich das alles schon nicht mehr mitbekommen. K. wurde immer betrunkener, zeigte auf seine Knobelbecher und sagte, die hätten den ganzen Russlandfeldzug, das Unternehmen Barbarossa, mitgemacht. Ich fand, dass sie dafür zu neu, zu wenig gebraucht aussahen. Er habe

Schreckliches erlebt, als junger Mann, nicht viel älter als ich. Er habe Zeichnungen gemacht in seinem Skizzenbuch, das sei aber verloren gegangen auf den planmäßigen Rückzügen wie so viele Kunstwerke, aber noch mehr Leben, und die eigentliche Kunst sei die Kunst des Überlebens – die Überlebenskunst. Auch sein Herz, seine Gesundheit habe der Russlandfeldzug kaputt gemacht, dabei hielt er sich das Herz mit der Rechten, und sein Gesicht verzerrte sich. Maja sagte, K. müsse jetzt ins Bett. Wegen seines Herzens. Und wir sollten doch in 14 Tagen wiederkommen zur gleichen Zeit am gleichen Ort. Sie und K. würden sich freuen, und für uns sei es doch auch bestimmt interessant. So endete das zweite Werkstattgespräch und wir fuhren auf unseren Rädern heim. Iris meinte noch, sie bekäme bestimmt Ärger mit ihrer Großmutter, weil es so spät geworden sei, der Abend aber habe sich gelohnt. Bei mir gab es da kein Problem, denn meine Mutter kam immer erst viel später. Aber für die Versuche, mir meinen Vater vorzustellen, war das Erlebnis mit K. und der Kunst sehr nützlich, und ich fand, so könnte er vielleicht sein und dass ich ihm sogar irgendwie ein kleinwenig ähnlich sah.

Der Mond stand am Himmel. Fast voll. Unterwegs gab es einen kurzen Schauer, und ein zarter Mondregenbogen entstand. Eine flüchtige Erscheinung, der wir nur kurz entgegenradelten. Iris fuhr das Rad meiner Mutter, die nicht wusste, dass wir es gerichtet hatten, in den Hof mit dem Apfelbaum, lehnte es daran und gab mir einen ganz schnellen, ganz zarten Kuss, so, als ob einen ein Regenbogen küsst. Sagte noch: „Du hörst von mir", und „Nacht", und entschwebte durchs Gartentor in Richtung der Wohnung ihrer Großmutter.

Meiner Mutter, die natürlich noch nicht zu Hause war, sagte ich nichts. Sie hätte sich doch nur wieder unnötig aufgeregt und mir bestimmt jeden Umgang mit K. verboten.

Wieder entstand eine längere regenbogenlose Zeit. Die Schule besuchte ich mit Gipsbein, über das meine Schulkameraden ihre Witze machten. Gut, dass sie von Iris nichts wussten und sie nicht kannten. Ich versuchte, mir Iris nackt vorzustellen und zu zeichnen. Zeitweise erreichte ich sogar eine kleine Ähnlichkeit, die sich aber im Verlauf der weiteren Arbeit immer mehr verflüchtigte. Ich zerriss das Blatt, das ich außer der fehlenden Ähnlichkeit gar nicht so schlecht fand, damit meine Mutter es nicht fand. Sie hätte bestimmt Theater gemacht, wenn sie entdeckt hätte, dass ich nackte Mädchen zeichnete, denn so etwas galt zu der Zeit noch als sehr unanständig. Ich sah auch in unserem Medizinbuch nach, um mich über die Anatomie der Frau zu informieren. Darin war eine sehr deutsch aussehende, gemalte Frau mit blondem Haar und blondem Schamhaar, die man aufklappen konnte, um die inneren Organe, aber besonders die Schwangerschaft in verschiedenen Stadien zu betrachten. Diese Frau, fand ich, war kein Regenbogen, aber interessant fand ich das alles schon. Ich stellte das Buch wieder genau so in den Schrank zurück, wie es gestanden hatte, denn meine Mutter wollte nicht, dass ich darin las. Sie sagte, ich sei dafür noch zu jung. Zu jener Zeit sollten Jugendliche erst möglichst spät die so wichtigen Tatsachen über Liebe, Zeugung, Schwangerschaft und Geburt erfahren. Die Schule war schrecklich und langweilig zugleich. Auch sonst passierte nicht viel in unserer kleinen Stadt. In der Zeitung sah ich des Öfteren unseren Bürgermeister, einmal wie er ehemalige jüdische Mitbürger, die emigriert waren, begrüßte, und ich musste an das Bild und die Kiste mit den Namenslisten denken. Aber die war ja verschwunden. Mittwoch 14:30 Uhr klingelte es bei uns. Ich saß gerade bei meinen ungeliebten Hausaufgaben. Ich sprang die Treppe runter, indem ich mit der rechten Hand das Geländer in der Mitte umfasste, und öffnete die Tür. Ein Regenbogen stand davor und lächelte geheimnisvoll. „Namenlos", sagte die Erscheinung, „kommst'e mit in ‚Der Dritte Mann'? Läuft heute zum letzten Mal. Ich lad' dich ein, um 15:00 Uhr beginnt die Vorstellung." Ich hatte von diesem Film gehört und das Buch im Krankenhaus gelesen, aber da wir regelmäßig keine Tageszeitung hatten, bekam ich das Programm unserer drei Kinos oft nicht mit. Hin und wieder brachte meine Mutter zwar eine Zeitung aus ‚ihrer' Gaststätte mit, aber das reichte nicht, um regelmäßig informiert zu sein.

„Klar", sagte ich und wurde rot, „ich muss nur das Radio ausmachen und die Wohnung zuschließen." Es war auf meiner ungenauen Uhr 14:37, und wir gingen sofort los zum Kino im Zentrum, das darum auch Central, aber mit C, hieß. Iris kaufte zwei Karten dritter Platz, erste bis dritte Reihe. Wir gingen gleich rein und setzten uns auf die durch Preis und Zufall zugewiesenen Plätze in der Mitte der dritten Reihe. Das Kino war noch ziemlich schwach besetzt. Noch zehn Minuten bis zum Beginn. Iris saß rechts von mir. Ich war sehr aufgeregt, und sie hatte wieder das etwas zu kurz gewordene himmelblaue Kleid an. Ich saß in der Aura des Regenbogens und konnte ihn förmlich riechen. „Harry Lime find' ich interessanter als Holly Martins", sagte sie. „Ein schöner Freund!", erwiderte ich. „Er bekommt sein Fett!", besänftigte mich der Regenbogen. Manchmal, wie rein zufällig, berührten sich unsere Knie, und ich fand ihre kühler als meine. Das Licht ging aus, die Vorstellung begann. Die Wochenschau, die es damals noch gab, war weniger interessant als die Knie, das himmelblaue, im Dunkeln graue Kleid und die

Person, die neben mir saß, nur durch eine schmale Lehne getrennt. Der Stil der Wochenschau erinnerte noch stark an die Propaganda der Kriegsjahre, durch den kalten Krieg noch verstärkt. Der Hauptfilm begann mit einer Beerdigung, und das Bein, das rechts von mir saß, berührte meines länger, als es rein zufällig sein konnte. Das erregte mich sehr, lenkte mich vom Film ab und war wichtiger als der Film. Ich hätte sie gerne mal richtig angefasst, aber ich traute mich nicht. So gab es noch viele zufällig, unzufällige Berührungen der Knie oberhalb meines Gipsverbandes, und einmal gab sie mir sogar ihre kühle Hand. So endete der Film viel schneller als erwünscht mit dem richtigen Begräbnis, und die berühmte Zithermusik gab dem Ganzen den akustischen Rahmen. Sie müsse schnell nach Hause wegen ihrer Großmutter, sagte sie am Schluss der Vorstellung, obwohl sie noch gerne etwas bei mir geblieben wäre. Und so gingen wir heim, unterhielten uns über den Film und ob unsere Stadt auch so große Abwässerkanäle hätte. Aber wir glaubten es nicht, denn unsere Stadt war von der Größe und Einwohnerzahl vom Nachkriegswien weit entfernt. Die Kanäle im Film erinnerten mich an den Gang im Keller unserer Schule und die Gänge im Bunker, nur dass die etwas kleiner waren und keine Abwässer einer Millionenstadt mit sich führten. Ich hatte das Gefühl, dass am Ende irgendeines Ganges ein von mir noch nicht entdecktes Geheimnis sein müsse. Iris meinte noch, wir sollten auch irgendetwas schmuggeln, aber so gemein wie Harry Lime wollte sie doch nicht sein, und uns fiel auch nichts Vernünftiges ein. So kamen wir schneller zu Hause an als erwünscht. Sie sagte noch, es sei ein netter Nachmittag gewesen, und entschwand wie ein Regenbogen. Am Montag musste ich ins Krankenhaus, und der Gips kam ab. Ungeduldig wartete ich auf den Mittwoch, unser nächstes Werkstattgespräch. Das Wetter war gemischt und ohne Regenbögen. Am Mittwoch bekamen wir wegen zugegipster Schlösser zum Rektorat und Lehrerzimmer, so dass Rektor und Lehrkörper am Betreten ihrer hochheiligen Hallen gehindert waren, eine saftige Strafarbeit auf, obwohl ich an dem Attentat nicht beteiligt war. Also schrieb ich bis 15:30 Uhr wie wild, bekam sie aber nicht fertig. Iris stand 15:35 Uhr vor der Tür, sagte: „Tach, Namenlos, komm, wir müssen jetzt gleich los." Wir holten die Räder aus dem Keller und fuhren zu der Autowerkstatt, die jetzt Atelier war. Maja öffnete, gab jedem von uns die Hand und sagte: „Wir freuen uns, dass ihr gekommen seid, kommt rein in die Hallen der Kunst, K. wartet schon." Das Atelier war verdunkelt, und eine seltsame Musik lief im Hintergrund. K. kam und gab dem Regenbogen und mir die Hand und sagte: „Schön, dass ihr gekommen seid, nehmt Platz!" Wir bekamen wieder ein Glas Orangensaft mit Sekt, was meine Mutter nicht wissen durfte. Maja und K. tranken ihn pur. Auf dem Tisch, dem seltsamen, stand eine seltsame Torte. Ein rundes Gebilde mit spiraligen Armen, in der Mitte etwas dicker, gelb – rot dominierend, ca. 50 cm im Durchmesser, daraus abgehend 4 Spiralarme, vorwiegend blau. Dazwischen dunkel, schwarz mit leichten duftigen Schlieren und an einer Stelle des einen Armes, ziemlich weit außen, ein ganz kleines Fähnchen mit dem Wort ‚Erde'. „Eat-Art, die erste galaktische Torte im

Maßstab-1:2.000.000.000.000.000.000 (Trillionen). Im Maßstab 1:1 wäre unsere Küche, auch unser Atelier etwas zu klein gewesen", erklärte K., nahm einen großen Schluck, zündete sich eine der fürchterlich stinkenden Zigaretten an und brachte folgenden Toast aus: „Auf unsere positiv geladenen Antitypen im Antiuniversum, Prost!". „Toll", sagte der Regenbogen, „ich hoffe, ihr habt euch nicht verrechnet." „Das hoffe ich auch", antwortete Maja, „und wenn, dann wird es unsere Vorstellung und die Entwicklung der Galaxis und des Universums nur geringfügig beeinflussen. Schneiden wir sie an und verschlingen sie." „Halt, noch nicht", rief K., „lasst uns unser Modell erst mal erklären. Das ist keine Torte, das ist ein Modell, das heißt, das Modell ist eine Torte, kein Modell wie Maja, sondern eine Torte, die ein Modell unserer Galaxis ist und ohne Modell keine Vorstellung, kein Bild." „Das erklär' mal", sagte ich. „Wart' noch 'nen Moment", hauchte der Regenbogen, der neben mir unruhig hin und herrutschte, aufstand und zur Toilette entschwebte. K. nutzte diese Unterbrechung für das Anzünden einer weiteren Zigarette. Iris kam schnell wie immer zurück. K. nahm noch schnell einen Schluck und begann: „Die Torte ist ein Modell. Ein Modell unserer Milchstraße, die ungefähr 100.000 Lichtjahre Durchmesser hat, und 100 bis 200 Milliarden Sterne beinhaltet. Sie ist eine Spiralgalaxie, hat 4 Arme und den Mittelpunkt können wir nicht beobachten, weil Wolken aus Staub und Gas uns den Blick verstellen. Da, wo das rote Fähnchen ist, befindet sich unser Sonnensystem. Sonne und Erde sind in diesem Maßstab nicht darstellbar. Die Sonne wäre so um 1-Millionstel Millimeter groß, und die Erde wäre nochmal 100-mal kleiner. Das Zentrum können wir optisch nicht beobachten. Die Sterne stehen zu dicht, und Dunkelwolken behindern die Sicht. Die Musik, die ihr gerade hört, heißt übrigens ‚The Planets' von Holst, einem englischen Komponisten, handelt das Ganze mythologisch ab, und sagt wenig über die Planeten und unser System aus. Weniger als unsere Torte über unsere Milchstraße aussagt, denn sie ist ein Modell. Kommen wir aus der Milchstraße raus, kommen weitere Milchstraßen, in gigantischen

Entfernungen, Milchstraßensysteme, Galaxien-
haufen, Superhaufen. Hundert- bis Zweihundert-
Milliarden Galaxien schätzen die Astronomen.
Unterschiedlichster Art, in den unterschiedlich-
sten Konstellationen. Je weiter weg je jünger
und um so schneller sich entfernend. Edwin P.
Hubble entdeckte die Galaxienflucht in den
Zwanziger Jahren. Die unterschiedliche
Rotverschiebung unterschiedlich weit entfernter
Galaxien führte zu dieser Theorie, und das
Universum, bis dahin dachte man unsere
Milchstraße sei es, nahm gigantische Dimen-
sionen an. Alter 10 bis 15 Milliarden Jahre –
Durchmesser 15 – 20 Milliarden Lichtjahre."
„So alt bin ich schon lange", warf Iris ein, „und
eine leichte Rotverschiebung habe ich auch, nur
mein Durchmesser ist momentan noch etwas
kleiner." K. nahm einen kräftigen Schluck, mus-
ste husten, zündete sich eine neue Zigarette an
und erwiderte: „Das ist nicht so verkehrt. Mein
Freund aus Amerika schrieb mir von den neue-
sten Ideen über die Entstehung des Universums.
Nach der Big-Bang-Theorie, der Begriff war
ursprünglich ein Schimpfwort der Gegner dieser

Theorie, war am Anfang alle Materie in einem Punkt unendlicher Dichte und Temperatur vereint. Da aber unendlich nicht möglich ist, hielt der Punkt das nur unendlich kurz aus, zerbarst und breitete sich zunächst mit Überlichtgeschwindigkeit und dann auf Grund des Energieverlustes mit Lichtgeschwindigkeit aus. Temperatur und Dichte nahmen ab, und der Raum, den die Urmaterie einnahm, wurde immer größer. Und Atome entstanden und Sterne und Milchstraßen und Iris und Namenlos." K. musste sich erstmal verschnaufen, und diese Gelegenheit nutzte ich einzuwerfen: „Nichts ist unendlich!" Darüber hatte ich schon mal nachgedacht und war zu diesem Ergebnis gelangt. „Stimmt", sagte K. „Nur das Nichts kann unendlich sein, da es nirgendwo eine Grenze hat." „Und Zahlen", sagte Iris. „Stimmt, und stimmt nicht", meinte K., „denn wenn kein Zähler da ist, gibt's auch keine Zahlen, und der Zähler müsste dann auch unendlich leben und weiterzählen, denn Zahlen existieren nur in unserem Kopf und nicht in der Natur." Das fand ich logisch und unlogisch zugleich, sehr interessant und verwirrend. Hier saß ich nun in dem riesigen Universum in einer von den fürchterlich vielen Galaxien auf einem winzigen Planeten in einer Autowerkstatt, die jetzt Atelier war, auf einem Sofa aus einer Autositzbank neben einem Mädchen mit einer leichten Rotverschiebung, die behauptete, so alt wie das Universum zu sein. Ich war verwirrt. „Und so", fuhr K. fort, „sank mit immer weiterer Ausdehnung die Temperatur, war aber für das jetzige Universum noch immer unglaublich hoch, so weit, dass sich aus den Teilchen einfache Atome bildeten: Wasserstoff und Helium. Die Temperatur sank weiter, und aus der Wolke verdichteten sich Sterne und Galaxien, und in den Galaxien entstehen immer noch Sterne, und vielleicht entstehen auch immer noch Galaxien, und der ganze Laden driftet durch die Anfangsbeschleunigung immer noch auseinander, keiner weiß wohin und wie lange noch." Er musste husten, nahm einen kräftigen Schluck und steckte sich eine weitere Zigarette an. „Jetzt wollen wir unsere Milchstraße anschneiden", sagte Maja und zerteilte das galaktische Modell mit dem Messer in 16 Teile. „Kannst dich freuen, dass du nicht von jeder Galaxis des Universums ein Modell machen musstest", spottete Iris. „Das tue ich auch", erwiderte Maja und gab Iris das Stück mit dem roten Fähnchen mit den Worten: „Du hast heute die Ehre, das Sonnensystem zu verschlingen, guten Appetit!" Dann gab sie mir das nächste Stück, dann K. und dann sich selbst. Und so spielten wir Schwarzes Loch und verspeisten unsere Milchstraße. Der Regenbogen hatte wieder das himmelblaue, etwas zu kurze Kleid an, und ich hatte das Gefühl, sie hätte nur das eine, und ich kann mich nicht erinnern, sie jemals in einem anderen gesehen zu haben. Die Torte schmeckte ähnlich wie Götterspeise, fruchtig, aromatisch, irgendwie galaktisch, und ich habe nie wieder etwas ähnlich Schmeckendes gegessen. Wir bekamen noch ein Glas Orangensaft mit Sekt, und die Gravitation verminderte sich. Ich fing an zu schweben und Iris, die immer lustiger wurde, auch. „Ich habe auch, aber das ist lange her", begann K., „versucht, diese Sachverhalte künstlerisch umzusetzen, Zahlen, Galaktisches, den Urknall etc. aber –", er machte eine Pause, trank und rauchte, „ich habe das Galaktische, das Universelle nicht in den Griff bekommen, und vielleicht kann man das auch nicht, und die Kunstkritik meinte, so etwas hätte nichts, aber auch gar nichts mit Kunst zu tun. Ich habe zum Beispiel Versuche mit Zahlen gemacht. Eine Tafel 1 x 1 m mit einem Punkt, Durchmesser 1/2 mm in der Mitte. Titel: ,Eins'. Eine mit 100, 1000, 100.000, ja mit einer Million – 1000 x 1000 Punkte, das kann man von Hand noch machen, ist eine verdammte Arbeit, habe fast 300 Stunden daran gesessen. Aber das ist ja noch nicht wirklich viel. Stellt euch vor, erst 2.000.000.000. (Milliarden) Tafeln davon ergeben 2 Trillionen, den Maßstab unserer Torte. „Ist ja irre", sagte die Rotverschiebung, „ich glaube, ich werde Astronomin, stoppe die Galaxienflucht, vereine wieder alles in einem Punkt, den versteigere ich dann meistbietend, ich weiß nur noch nicht, an wen." „Zum Beispiel an das hyperuniversale Museum, das kann ihn dann in einer unendlich kleinen Galerie ausstellen", entgegnete K., nahm einen kräftigen Schluck von dem Rotwein, den Maja geholt hatte und steckte sich schon wieder eine an. Ich saß dabei, war verwirrt, mir fiel dazu nichts ein, und ich konnte gar nichts dazu sagen. So etwas hatte ich noch nicht gehört, und ich musste erst mal meine Gedanken ordnen. „Also, ich habe noch weitere Versuche gemacht", fuhr K. fort, „zum Beispiel: Big-Bang, Rotverschiebung, Galaxienflucht, auch unanständige Umsetzungen und Versuche, Mythologisches mit dem Physikalischen zu verknüpfen, habe die Versuche dann aber abgebrochen und mich anderen Themen zugewandt. Ihr habt gesehen, dass die Erde nicht im Mittelpunkt der Milchstraße stand, sondern etwa 30.000 Lichtjahre oder 17 cm in unserem Modell aus dem Zentrum versetzt in einem der Spiralarme, und auch da ist sie nicht der Mittelpunkt des kleinen Sonnensystems, in dem wir leben." K. wurde immer betrunkener, stolperte mehrmals über seine Tischskulptur und fuhr fort: „Bis ins späte Mittelalter galt das ptolemäische Weltbild, bei dem die Erde im Mittelpunkt des Universums stand und die Sterne an Sphären aufgehängt darüber schwebten. Die Erde darin als runde Scheibe. Die Ersten die Zweifel an diesem Modell äußerten, und ein

Modell ist immer gut, siehe Maja, aber das Modell war nicht gut, bekamen Ärger mit der Kirche. Giordano Bruno schrieb im Februar 1600: ‚Es gibt unzählig viele Sonnen und unzählig viele Erden umlaufen diese Sonnen und unzählige Lebewesen bewohnen diese Erden.' Dafür und noch andere der Kirche nicht genehme Vorstellungen wurde er auf dem Scheiterhaufen verbrannt. Galileo Galilei hatte erkannt, beobachtet mit einem selbstgebauten Teleskop, dass das offizielle Weltbild der Kirche verkehrt war. Er schreibt ein Buch: ‚Dialog über die zwei hauptsächlichen Weltsysteme'. Er kommt vor die Inquisition, ihm wird der Prozess gemacht, er widerruft und wird bis zu seinem Lebensende unter Hausarrest gestellt. Hätte er den Papst nicht schon vorher gut gekannt, wäre die Strafe wahrscheinlich drastischer ausgefallen. So gefährlich war noch zu Beginn der Neuzeit wissenschaftliche Erkenntnis, wenn sie den Herrschenden und der herrschenden Religion nicht in den Kram passte. Auf die Erkenntnis, auf die Vernunft!". K. hob sein Glas, und wir stießen mit ihm und Maja an. „Darum seid kritisch, glaubt

den Herrschenden nichts, wovon ihr nicht selber
überzeugt seid. Auf die kritische Vernunft!" K.
hob erneut sein Glas, und wir stießen erneut an.
Ich saß glücklich auf dem alten Autosofa vor der
in allen Farben des Regenbogen verschmierten
Wand, neben mir mein Regenbogen, der mich
öfter berührte, als es hätte sein müssen. K. wurde proportional zum Späterwerden des Abends
immer betrunkener. Zeitweise hatte er fürchterli-
che Hustenanfälle und Maja sagte, er solle nicht
so viel rauchen, am besten gar nicht. Und die
Zeit verflog schneller, als das Universum sich
ausdehnte, und zeigte eine deutliche Rotverschiebung. Iris wurde immer lustiger, sagte
unmögliche, ja freche Sachen, aber auch, dass
ihre Großmutter warte, und sie jetzt nach Hause
müsse. Wir bedankten uns für den schönen
Abend, unterbrochen von einem Hustenanfall
von K., die tolle Torte, die Maja gemacht hatte,
und verabschiedeten uns.

Draußen war es dunkel geworden. Als ich
hochguckte, sah ich das Band der Milchstraße so
deutlich wie nie zuvor und wie ich es nie wieder
gesehen habe. Iris und ich standen noch etwas

vor dem großen Eisentor und betrachteten das milchige Band der Sterne. „Von dem Stern, dem letzten der Deichsel des Kleinen Bären, komme ich", sagte Iris und zeigte mit dem Finger in die Richtung des Sterns, der nach meinem heutigen Wissen der Nordstern sein muss. Eine Sternschnuppe, ein Meteor zog deutlich über den Himmel und verlosch. „Jetzt können wir uns was wünschen", bemerkte sie, „aber das muss geheim bleiben, darfst du nicht weitersagen." Ich fing an zu wünschen, das war schwer wie im Märchen , welches war der richtige Wunsch, was wünschte ich mir wirklich? Iris öfter zu sehen, war'n bisschen wenig. Iris nackt zu sehen, eine tiefe Sehnsucht von mir. Oder Iris als meine Frau, aber das fand ich dann doch zu früh und zu viel. Also entschied ich mich für Wunsch Nr. 2, Iris nackt zu sehen, aber ich glaube heute, dass das zwar ein legitimer, aber doch wohl der falsche Wunsch war. Wir fuhren los, hielten unterwegs noch ein paarmal, sahen aber keine weiteren Sternschnuppen oder Meteore mehr und kamen bald bei uns zu Hause an. Vor dem Gartentor gab sie mir ihr Rad und ihre kühle

Hand, sagte: „Tschüss Namenlos, bis bald", und verschwand, als hätte sie sich in Luft aufgelöst oder entmaterialisiert. Ich stand allein mit meinen galaktischen Gedanken, denen noch eine andere Komponente beigemischt war, unter dem Band der Milchstraße in dem riesigen Universum, und ich glaubte fast, dass sie von irgendwo da oben kommen müsse.

Und wieder hatte sie mich mit dem Gefühl der Ungewissheit zurückgelassen, und ich wartete voller Ungeduld, diesem seltsamen, vibrierenden Gefühl in der Herzgegend. Es verging fast eine ganze Woche und es passierte nichts. Oft saß ich am Küchentisch am Fenster, sah in die Wolken und fühlte die Geschwindigkeit, mit der die Erde sich um die Sonne und um sich selber bewegte. Freitag ging ich recht früh zu Bett. Las noch etwas in unserem abgegriffenen Gesundheitslexikon über Frauen und schlief dann überraschend schnell ein. Der größte Teil der Nacht muss traumlos gewesen sein oder ich kann mich nicht mehr erinnern, denn viele Träume sollen das Bewusstsein gar nicht erreichen. Es muss gegen 4:00 Uhr morgens gewesen sein, als die

Tür meines Zimmers sich öffnete und ich in eine weite Landschaft blickte, wo sonst der Flur war, übersät von Iris bis zum Horizont, in der Mitte einen Weg freilassend, unter einem riesigen Regenbogen. Eine Person näherte sich, wurde größer, trat an mein Bett und sagte: „Namenlos, Montag, 15:00 Uhr komme ich, bis dann." Damit drehte sie sich um, machte die Tür meines Zimmers hinter sich zu, und ich war wieder allein. Ich wachte verstört auf, machte das Licht an, öffnete die Tür, aber keine Landschaft, keine Schwertlilien, kein Regenbogen, nur ein morgendämmrig grauer Flur war da. Ich setzte mich in meinem Bett auf und überlegte, was ich davon halten sollte. Der Traum, oder war es gar kein Traum, war so real, dass ich beschloss abzuwarten bis Montag, 15:00 Uhr, dann würde sich erweisen, was an ihm dran war. Ob Träume Schäume oder Schäume Träume sind.

Das Wetter war schön, die Luft warm, der Himmel fast wolkenlos und Regenbögen gab's keine. Montag punkt 15:00 Uhr stand Iris, die Göttin des Regenbogens, vor unserem Gartentor. „Hallo Namenlos", sagte sie, „was hältst du davon, wenn wir heute zum Wasserfall im Walde fahren?" Der Wasserfall im Walde war eine Quelle mit sehr kaltem und sehr klarem Wasser, und uns Kinder hatten die Erwachsenen immer davor gewarnt und erzählt, in dem Teich gäbe es Nixen, Nymphen, Wassermänner, und die würden Menschen, besonders Kinder, auf den Grund ziehen und dann in einer Unterwasserhöhle gefangen halten. Ich hatte das nie geglaubt, aber etwas unsicher war ich trotzdem. Wir holten die Räder aus dem Keller und fuhren los. Vorbei an der Werkstatt, dem Atelier K.'s, des Künstlers. Vor-bei am Bunker, und hier kamen wir in den Wald. Es war sehr warm, die Sonne schien fast ungehindert durch einen nahezu wolkenlosen Himmel. Der Schotterweg hörte auf, und wir fuhren über den weichen Boden eines gemisch-ten, aber vorwiegend aus Kiefern bestehenden Waldes. Der Weg nur gekennzeichnet durch die Füße, die vor uns dort gegangen waren. Es duf-tete nach dem Harz der Kiefern. und wir kamen gut voran. Iris fuhr flott, fast nur im Stehen, ohne zu Schwitzen, ohne sichtbare Anstrengung, wo-bei mir, weil ich mithalten musste, immer heißer wurde und ich immer stärker ins Schwitzen kam. Der Weg führte auf eine kleine Lichtung mit sehr hohen, dichten Gräsern in einem satten, gesunden Grün. Und gegenüber, über eine kleine Felswand, fiel ein Wasserfall in die Quelle, die wiederum in ein kleines Bächlein mündete. Eingefasst war die Quelle von sehr schönem grünem Buschwerk, nach vorne relativ offen.

„Komm, wir baden!", schlug Iris vor. „Wir haben doch kein Badezeug dabei", entgegnete ich. „Das macht doch nichts", erwiderte Iris, „es geht doch auch ohne!" Wir warfen die Räder hin und liefen zur Quelle. Unglaublich schnell zog sie sich aus und stand nackt vor mir. „Guck, so seh' ich aus", sagte sie, drehte sich um und sprang ins Wasser. Und in dem Dunst des Wasserfalls bildete sich ein kleiner, kaum sichtbarer Regenbogen.

Irgendwie war mir das Ganze peinlich, aber auch erregend, bereits schlummernde Gefühle verstärkend. So flüchtig das Bild war, hat es sich tief in meine Erinnerung eingeprägt: Schlank, fast dünn, aber nicht schwächlich, eine zarte, helle Haut, ganz, ganz wenige Sommersprossen, grün-blaue Augen, beinahe wie die Quelle, und dazu in seltsamen Kontrast die blondhellgelb-orangefarbenen Haare. Fast hatte ich das Gefühl sie würde strahlen – hätte eine Aura. Es war nur ein kurzer flüchtiger Eindruck, und im Nachhinein muss ich sagen, dass ich nie wieder etwas gesehen habe, was ich schöner und erregender fand.

Ich zog mich auch aus, lief zum Wasser und sprang mit einem Köpper rein, tauchte, öffnete die Augen, sah mich um, konnte aber Iris nirgends entdecken. Das Wasser war sehr kalt, sehr klar, wirkte aber trotzdem etwas milchig und entzog allen Dingen nicht nur die Wärme, sondern auch die Farbe. Ich wurde nervös, weil ich Iris immer noch nicht entdecken konnte, musste auftauchen, um Luft zu holen, tauchte erneut, bekam fast schon Panik, als sich zwei kühle Hände auf meine Pobacken legten, mich nach vorne schoben, in ein dunkles Loch in der Felswand, und dann tauchten wir auf. Es wurde auch Zeit. Über dem Wasserspiegel war eine kleine, dunkle Höhle, die nur durch eine Ritze in der Felswand ganz schwach beleuchtet wurde.

Wir setzten uns auf die bemoosten, weichen Steine und Iris sagte: „Jetzt sind wir in der Höhle der ertrunkenen und verführten Kinderseelen, die von den Quellnymphen ausgeschickt werden in die Welt, wiederum weitere Kinderseelen zu verführen." Mich unbehaglich und behaglich zugleich fühlend, um Originalität bemüht, erwiderte ich: „Und ich bin der Wassermann und schicke kleine Nymphen kleine Jungen zu verführen." „Das mach' ich sowieso", antwortete sie, und so unterhielten wir uns nackt und ganz nah und uns leicht berührend zusammensitzend in der feuchten, kühlen Höhle über Nymphen, Nixen, Wassermänner und ertrunkene und verführte Kinder. Sie bewegte sich nackt so selbstverständlich wie angezogen. Stand dann auf und sprang kopfüber zurück ins Wasser wie eine Nixe, elegante Kapriolen vollführend, hin und wieder ganz kurz Luft holend. Dann kam sie mir ganz nah, umarmte mich, drückte mich an sich, um mich sogleich wieder von sich zu stoßen. Ich war so verdattert, dass ich nicht reagierte, und ich glaube, wenn ich den Mut gehabt hätte, hätte mehr passieren können. Und manchmal bedaure ich es. Das Wasser entzog uns die Wärme, uns wurde kalt, und wir verließen die Quelle, saßen am Ufer kurze Zeit in der Sonne, die uns trocknete. Unterhielten uns noch etwas über die Quelle, und ich erzählte ihr meinen Traum, auf den sie aber nicht eingehen wollte. Dann zogen wir uns wieder an, stiegen auf unsere Räder, die Sonne stand schon tief, fuhren los und erreichten kurz vor Sonnenuntergang das Tor vor unserem Garten.

„Das war ein toller Nachmittag, Namenlos“, sagte sie, „du gefällst mir, tschüss“, und damit war sie verschwunden. Ich stand da mit den beiden Rädern und war etwas verwirrt. Der Wunsch der Sternschnuppe hatte sich erfüllt.

Nachdem ich lustlos meine Zähne geputzt hatte, ging ich zu Bett. Ich konnte nicht einschlafen und wälzte mich unruhig herum. Immerzu musste ich an unser Tauchabenteuer und die nackte Göttin des Regenbogens denken. Fast wie im Film sah ich die Bilder vor mir. Ich stand wieder auf und versuchte Iris als Nixe im Wasser schwebend zu zeichnen. Anschließend wollte ich die Zeichnung kolorieren um die mystische

Unterwasserstimmung wiederzugeben. Schon bei der Zeichnung bekam ich Probleme. Die ersten Versuche wirkten alle plump, fand ich, und ich warf mehrere Blätter weg. Ich versuchte die Figur schlanker zu machen, aber jetzt wirkte sie fast wie eine Außerirdische, und das gefiel mir auch nicht. Ich kolorierte die Zeichnung trotzdem mit meinen Deckfarben in Aquarelltechnik, fand die Farbstimmung gar nicht so schlecht, malte dann aber zu lange daran herum, die Farben wurden zu schwer, zu wenig transparent, und so misslang dieser Versuch, wenn ich auch fand, dass die Figur etwas Irisregenbogenhaftes hatte. Ich malte einen dicken Regenbogen darüber, deckend, denn anders ging es nicht mehr, und tat das Bild samt Block, meine Mutter durfte es nicht sehen, in meine Kiste unter dem Bett. Dann legte ich mich wieder hin, konnte aber immer noch nicht schlafen. Sah hin und wieder die nackte Iris in meinem Zimmer stehen, aber wenn ich intensiver hinsah, war sie sofort wieder weg. So wurde es eine lange, schlaflose Nach, und die Zeit verging sehr langsam, aber vielleicht vergeht die Nachtzeit auch langsamer, und darum versuchen wir sie schlafend zu verkürzen. Immer wieder sah ich nach der Uhr, der Zeiger bewegte sich unglaublich langsam weiter, näherte sich aber dann doch mühsam der 6:00 Uhr-Marke, und ich stand unausgeschlafen und gerädert, aber nicht unglücklich, auf. Meine Mutter schlief noch, sie kam immer sehr spät, und ich kochte mir einen Kaffee, schmierte mir Brote mit Streichkäse und machte mich, viel zu früh, auf den Weg zur Schule. Die nächsten Tage sah, noch hörte ich was von Iris. Es ging auf die Ferien zu, und das Leben nahm, abgesehen von kleinen Störungen, seinen Lauf.

Die Schlaflosigkeit oder die Schlafstörungen blieben, wenn auch nicht so konsequent wie in der ersten Nacht. Und zeitweise muss ich wohl doch eingeschlafen sein, ich merkte es an den Zeitsprüngen auf meinem Wecker, von dem ich fand, dass er langsamer als sonst tickte. So, als ob die Zähigkeit des Zeitflusses zugenommen hätte, und die Fließgeschwindigkeit ab.

Die Nacht von Donnerstag auf Freitag, unser Werkstattgespräch und dass ich Iris gesehen hatte, war schon über eine Woche her, lag ich wieder die meiste Zeit der Nacht wach. Während einer Wachphase gegen Morgen, so zwischen vier und fünf, stand Iris ganz deutlich und nackt in meinem Zimmer vor meinem Bett und sagte: „Namenlos, heute um vierzehn Uhr komme ich. Dann machen wir eine Radtour in den Wald hinter dem Bunker, und ich werde dir was Schreckliches zeigen!" Ich setzte mich auf, wollte etwas antworten, mir fiel aber nichts ein, wollte sie anfassen, aber genau in dem Moment, in dem ich sie fast berührte, verflüchtigte sich das Bild, und der Raum zwischen Bett und Tür war wieder dämmrig leer. Das war ein Traum, eine Vision sagte ich zu mir, aber gespannt war ich schon, ob sich das Versprechen erfüllen würde. So ging ich zur Schule und musste ständig an meine Vision denken, war abwesend, kam einmal dran, es war in Mathe, eine Rechenaufgabe mit Zeit, ich wusste gar nicht, worum es ging, und sagte: „Vierzehn Uhr." Und der Lehrer sagte: „Stimmt, wie hast du das nur so schnell rausbekommen?" Ich war perplex, fieberte nur noch dem Schulende und der 14:00 Uhr-Marke des Tages entgegen.

13:45 Uhr ging ich in den Keller, holte die Räder herauf, ergänzte den Luftdruck, stellte sie an den Apfelbaum, ölte die Ketten, putzte den Staub ab, sah auf meine Uhr, die 2 Minuten vor 2:00 zeigte und stellte mich vor das Tor.

Auf der anderen Seite der Straße, schräg gegenüber materialisierte sich eine Farberscheinung: Blond-hell-gelb-orange-himmelblau-türkis schwebte auf das Tor zu und stand Punkt 14 Uhr davor und sagte: „Hallo Namenlos, wie ich sehe, hast du meine Information bekommen, komm, lass uns losfahren." „Was für eine Information?", fragte ich. „Den Zettel", antwortete sie, „den ich dir unter der Tür durchgeschoben habe." „Einen Zettel habe ich nicht bekommen", entgegnete ich. „Seltsam", sagte Iris, „woher wusstest du denn, dass ich komme?" „Einfach so", antwortete ich, denn ich wollte ihr das mit meiner Vision nicht erzählen, befürchtete ich doch, sie würde über mich lachen oder, schlimmer noch, mich für verrückt halten. So fuhren wir los, an den berühmten Hallen der Kunst vorbei, in Richtung Wald. Den Bunker mit dem jetzt zugeschütteten Eingang ließen wir links liegen und fuhren auf einem geschotterten Waldweg in Richtung des höchsten Berges in unserer Umgebung, der aber mit 300 Metern Höhe weit von den wirklich großen Bergen des Planeten Erde entfernt war. Der Weg stieg an. Links und rechts standen Buchen, ältere Modelle, groß, grau, einen lichten Wald bildend. Die Buchen wurden kleiner und der Wald dichter. Der Weg stieg immer noch an, und ich hatte Schwierigkeiten, Iris' Tempo mitzuhalten. Durfte mir aber, fand ich, keine Blöße geben. Wir bogen vom Hauptweg ab auf den kleinen Weg, der zu dem mittelmäßigen Mittelgebirgsgipfel führte. Die Buchen wurden noch kleiner und noch dichter. Wir erreichten den Gipfel, stellten die Räder an einen Baum, die Bewölkung hatte zugenommen. Als wir wegfuhren, war der Himmel fast wolkenlos gewesen. Auch der Wind nahm zu, aber trotzdem sah es nicht nach Regen aus. Wir saßen im Gras. Iris sagte, das mit der Kiste sei schon seltsam, und vielleicht hätten wir sie doch lieber zum Gericht bringen sollen. Ich stimmte ihr zu, sagte aber, jetzt sei es zu spät und vielleicht sei der Inhalt ohne Bedeutung gewesen.

„Irgendwas riecht hier komisch", sagte Iris und verzog die Nase in lustige Falten. „Find' ich auch, so riecht es normalerweise im Wald nicht", erwiderte ich. Hin und wieder berührte ihr Bein mein Bein. Sie hatte wieder das etwas zu kurze himmelblaue Kleid an, und ich kam immer mehr zu der Überzeugung, dass sie nur dieses eine hätte. Der Geruch, fast schon Gestank, wurde stärker, wahrscheinlich weil der Wind sich aus der Richtung verstärkt hatte. „Du, wir sollten nachsehen, ob da was ist", schlug Iris vor. Wir standen auf und Iris voran, liefen wir in das dichte Buchenwäldchen. Unterholz, Büsche und Bodenpflanzen machten das Vorankommen etwas schwierig, schienen aber Iris nicht zu hindern oder aufzuhalten. Der Geruch entwickelte sich zum Gestank und wurde um so stärker je weiter wir vorankamen. Da blieb Iris stehen, ich schnaufend, dicht hinter ihr. Der Gestank war jetzt so stark, dass er völlig den Duft des Regenbogens überdeckte. Die grauen Stämme standen hier besonders dicht, und nur stellenweise, wir mussten hier fast auf dem Gipfel sein, schimmerte der Himmel durch. „Da, sieh!", rief

Iris und zeigte geradeaus und ein Windstoß erfasste ihr Haar und im Gegenlicht sah es aus wie eine Flamme im Walde. Ich sah, kaum zu erkennen in der Struktur der vielen grauen Stämme, dem schwachen Licht, jemand schlaff in einem grauen Anzug, der Kopf mit dem Kinn auf die Brust gefallen, an einem der Bäume hängen. Er musste hier schon länger hängen, denn sonst hätte er nicht so stark gerochen. Iris lief weiter vor. Ich blieb stehen. Sie stand einen Moment dicht vor dem hängenden Mann, kam zurück und meldete: „Der sieht nicht mehr gut aus, das sollten wir der Polizei mitteilen." Wir liefen zurück zu unseren Rädern, der Himmel hatte sich verdunkelt, und der Wald wirkte unheimlich und düster. Nur die Haare des Regenbogens leuchteten wie eine Flamme.

Zurück ging's bergab. Wir ließen's laufen, traten zeitweise noch dazu und rasten wie die Verrückten durch den dunkler werdenden Wald in Richtung Stadt. Am Bunker vorbei, dem Atelier, meiner Schule in die Innenstadt zur Polizeiwache im Rathaus, dort, wo unsere Kiste verschwunden war. Iris ging als erste hinein, sagte: „Guten Abend, auf dem Buchenberg hängt einer und riecht schon, den sollten sie abnehmen. Möglich, dass es ein Verbrechen ist." Der Polizist wollte wissen, wo und wie, aber allzuviel konnten wir ihm dazu nicht sagen, so meinte er, wir sollten mit dem Streifenwagen mitfahren und ihnen zeigen, wo wir den Toten gefunden hätten. Der Polizist verständigte die Mordkommission, orderte einen Leichenwagen, und dann fuhren wir mit zwei Polizisten in einem Streifenwagen raus zu dem hängenden Mann im Buchenwald. Wir erreichten die Stelle, von wo es durchs Unterholz zu dem Hängenden ging. Es war schon fast dunkel. Wir gingen voran, den Polizisten den Weg zeigend. Der Gestank wurde stärker, und bei dem schlechten Licht konnte man den Hängenden kaum erkennen. Dafür umso besser riechen. Die Polizisten sagten, sowas sei nichts für Kinder, was uns, aber ganz besonders Iris, sehr verärgerte. Wir sollten wieder zum Waldweg zurückkehren und dort auf die Mordkommission und den Leichenwagen warten. Wir sahen noch den Schein ihrer Taschenlampen im Unterholz und über dem Erhängten geistern. Wir warteten beim Streifenwagen auf einem gefällten Baumstamm sitzend und Iris meinte, sie würde bestimmt Ärger mit ihrer Großmutter bekommen, und glauben würde sie es auch nicht. Wir warteten. Es wurde dunkler und dunkler. Iris wurde schon ganz ungeduldig und rutschte auf dem Baumstamm unruhig hin und her. Mir war es nur recht, wenn es lange dauerte, denn so konnte ich die Nähe meines Regenbogens umso länger genießen. Endlich kam die Mordkommission und kurz darauf der Leichenwagen. Es dauerte noch mehr als eine Stunde, bis der Sarg aus dem Unterholz getragen und in den Leichenwagen geschoben wurde. Iris wurde immer unruhiger und sagte zu den Polizisten, sie müsse jetzt nach Hause. Die Polizisten vertrösteten sie, sie würden ja gleich fahren und sie dann sofort direkt nach Hause bringen. Die Mordkommission kam zurück, stieg in ihren Wagen und rückte, gefolgt vom Leichenwagen, ab. Der Streifenwagen brachte uns nach Hause und Iris sagte noch kurz: „Tschüss", und war so schnell verschwunden, als hätte sie sich in Luft aufgelöst. So endete ein aufregender Tag mit Iris, aber ohne Regenbogen. Am übernächsten Tag fand ich unter Lokales die kurze und knappe Nachricht: ‚Bürgermeister erhängt sich im Urlaub. Zwei Kinder fanden den Toten im Wald. Man nimmt an, dass sein Tod mit dem Verschwinden von Belastungsmaterial gegen ihn zusammenhängt. Es gibt den Verdacht, dass Druck auf ihn ausgeübt wurde oder er das Opfer einer Erpressung ist.' Das war alles! Kein trauernder Nachruf, kein Staatsbegräbnis!

Die großen Ferien kamen näher. Der Sommer war so lustlos wie die Schüler und die Lehrer, die aber trotzdem versuchten, fehlende Themen des Stoffplans durchzupauken. Es gab keine größeren Attentate und somit auch nicht die dazu gehörenden Prozesse. Die Strafarbeiten hielten sich im üblichen Rahmen. Der Himmel war meistens bedeckt, die Temperaturen trotzdem mild, und es gab keine Regenbögen und auch keine Nachrichten von Iris. Ich wartete ungeduldig, mein Herz flimmerte, und ich beschloss, ihr einen Brief zu schreiben.

Liebe Iris! Lieber Regenbogen! An Iris! Schon bei der Anrede fingen die Schwierigkeiten an. Diese fand ich nicht besonders originell. Geliebte Iris! Regenbogen meines Herzens! Spektrum meines Lebens! Pastellfarben meiner Seele! – verwarf ich als zu pathetisch, ja peinlich, und entschied mich für:

‚Liebe Iris, lieber Regenbogen!'

Doch was jetzt kam, war noch schwieriger. Was sollte ich ihr sagen, durfte ich ihr sagen, ohne mich lächerlich zu machen oder gar als verrückt dazustehen?

Sollte ich schreiben, war das gut, dass ich ungeduldig hier am Tisch sitze und in den grauen Himmel schaue, der keine Hoffnung auf einen Regenbogen birgt. Dass mein Herz flimmert vor Ungeduld und dass ich mir einen Herzfehler fürs Leben hole, wenn dieser Zustand nicht bald aufhört. Dass ich an gar nichts anderes mehr denken kann als an Regenbögen und Pastellfarben, dass ich nicht mehr lernen, nicht mehr arbeiten kann, dass ich noch krank werde, wenn ich nicht bald, schnellstens, sofort von ihr höre! So saß ich viele Stunden, füllte viele Blätter, begann viele Briefe und entschied mich dann für die einfachste Version:

Liebe Iris, lieber Regenbogen,
ich muss Dich unbedingt sehen!
Bitte, bitte melde Dich.
Bring' Farbe in meinen grauen Himmel.
Ich liebe Dich!
Namenlos

Das ‚Ich liebe Dich!' fand ich schon sehr peinlich, und ich wurde im Geiste rot, strich es wieder, fügte es wieder ein und am Schluss entschied ich mich für die allereinfachste Version:
Liebe Iris,
bitte melde Dich sofort.
Namenlos

Das war alles, was auf einem DIN A4 Blatt passierte. Die Schrift sah auch nicht besonders gut aus. Aber ich hatte den Brief schon 5-mal geschrieben, also suchte ich die beste Version raus, falzte ihn und tat ihn in einen Briefumschlag, auf den ich nur ‚An Iris' schrieb. Jetzt wartete ich auf den Abend, denn ich wollte beim Einwerfen dieses brisanten Briefes auf keinen Fall gesehen werden. Aber außer einem etwas stärkeren Herzklopfen stieß das Einwerfen auf keine weiteren Schwierigkeiten. Das Haus, in dem Iris mit ihrer Großmutter lebte, machte einen verlassenen Eindruck.

Dann ging ich zu Bett und schlief, unruhig träumend, ohne dass ich mich an etwas erinnern konnte, bis zum Klingeln des Weckers am Morgen. In der Hoffnung, bereits eine Antwort zu finden, ging ich zur Tür. Es war aber nichts da, und so ging ich unerlöst zur Schule. Auch die nächsten Tage kam nichts, und ich kam zu der Überzeugung, dass Iris und ihre Großmutter gar nicht da seien.

Am Mittwoch kam ein Brief, eine Einladung von K.: ‚Die Kunst ist tot - die Evolution geht weiter’, stand auf einem Gummibaumblatt und auf der Rückseite ein Aufkleber mit dem Text: ‚Mittwoch in einer Woche, 16:00! Also in einer Woche, das ist lang, dachte ich, heimlich hoffend, die Göttin der Regenbögen und Botin der Götter vorher noch einmal zu sehen. Mutig geworden, ging ich noch ein paarmal zu dem Haus des Regenbogens, fand aber keine Lebenszeichen der Bewohner. Meine Mutter hatte eine Zeichnung der nackten Iris, ein Blatt, das unter den Schrank gesegelt war, gefunden und war darüber sehr wütend und schimpfte, ich solle mich schämen und so etwas täte ein anständiger Junge nicht, aber das hätte ich wohl von meinem Vater. Ich erwiderte, sie solle sich nicht aufregen, nackt sei der natürliche Zustand, und ansonsten sei die Zeichnung nur Papier mit etwas Graphit darauf. Ich sei sehr frech, klagte sie, schließlich sei sie meine Mutter und hätte das nicht verdient. Ich fand aber, dass sie das nicht so ernst meinte und schwieg lieber, um keine weitere Eskalation auszulösen.

Im Freibad machten wir Studien der weiblichen Anatomie. Der dicke Herbert hatte Löcher in die Rückwand der weiblichen Umkleideräume gebohrt. Einer musste immer Schmiere stehen, ohne, dass wir zu wirklich neuen Einblicken und Erkenntnissen kamen.

Die Schule dümpelte vor sich hin, die Lehrer waren unzufrieden und unterbezahlt, und bis zu den großen Ferien waren es nur noch wenige Tage.

Endlich war es Mittwoch. Bis 13:00 Uhr Schule. Schnell eilte ich heim. Kein Regenbogenwetter. Der Himmel blau mit kleinen Kumulanten. Machte mir Brote mit Leberwurst, dann lustlos meine Hausaufgaben, wartete auf die 15:45-Marke, es erschien kein Regenbogen, und ich machte mich auf den Weg zu der Autowerkstatt, die dank der Evolution zum Atelier der Kunst geworden war.

Maja öffnete: „Grüß Dich, Namenlos!" Sie hatte diesen Spitznamen von Iris übernommen, fand ihn wohl lustig. Iris war noch nicht da, und ich war sehr enttäuscht. K. kam, begrüßte mich herzlich, sah mir meine Enttäuschung an und tröstete mich: „Sie kommt bestimmt gleich." Ungeduldig saß ich auf dem Sofa aus einer alten Autositzbank und war gespannt, was es heute wohl geben würde. Maja werkelte in der Küche, und K. kramte in seinem Lagerraum, seinem Bildarchiv. Warten ist schrecklich! Ich wurde immer unruhiger, und gerade in dem Moment, als ich vor lauter Ungeduld aufstehen wollte, klingelte es, Iris schwebte herein, sagte: „Entschuldigt, meine Großmutter machte wieder Theater!", und setzte sich zu mir auf das Autositzsofa an dem seltsamen Tisch aus Schrottteilen. Es roch zart nach Regenbogen, und ich hatte das Gefühl, als ob das Licht des Regenbogens den Raum erfüllte. Mit den Worten: „Pangäa – Eat-Art", kam Maja herein und stellte eine große Torte auf den Tisch aus alten Achsen, Wellen, Zahnrädern und anderen ausgemusterten Teilen der Technik. Die Torte sah aus wie eine verunglückte Weltkarte. Die Kontinente klebten alle zusammen, unterschieden sich nur durch verschiedene Zuckergussfarben. „Heute wollen wir über die Evolution sprechen", sagte K., „aber lasst uns erst mal einen trinken, die Ursuppe servieren wir dann später." Es gab wieder Sekt mit Orangensaft oder umgekehrt Orangensaft mit Sekt. Wir stießen an: „Auf die Kontinentaldrift und die Evolution", toastete K. und meinte, die hätten mehr Geduld als Namenlos, würden aber im Laufe der Zeit bei aller Langsamkeit ganz schöne Strecken schaffen. Und er erzählte von dem Geologen und Polarforscher Alfred Wegener, der als erster die Kontinentaldrift postulierte, damit auf ziemlichen Widerstand stieß und bei seiner letzten Polarexpedition ums Leben kam. Er schüttete sich ein Glas ein, steckte sich eine von den fürchterlich stinkenden Zigaretten an und begann: „Die Wissenschaft nimmt an, dass die Erde circa 4,5 Milliarden Jahre alt ist. Da kommt es auf ein paar Jahre mehr oder weniger nicht an. Am Anfang nach der Verdichtung aus der Materiewolke, die die Sonne übriggelassen hatte, war die Erde eine glutflüssige Kugel, in der aber alle Elemente, die wir heute auf der Erde haben, schon vorhanden waren. Aus Wasserstoff und Sauerstoff bildete sich Wasser. Das verdunstete durch die Hitze. In den kühleren Schichten der Atmosphäre kondensierte es und regnete wieder ab und das viele, viele Millionen Jahre lang. Die heiße Erde kühlte weiter ab, und es bildeten sich die ersten Meere, erst kochend heiße, wahre Chemielaboratorien, in denen ständig neue Verbindungen entstanden. Und die Erde kühlte weiter ab und nach 500 Millionen oder einer Milliarde Jahre, keiner weiß das so genau, bildeten sich in der Ursuppe der Ozeane die ersten Bakterien und Algen, einfache Formen des Lebens, aber nach dem gleichen Grundprinzip funktionierend wie das Leben heute, wie du und ich. Dann passierte lange Zeit wenig. Wie gesagt, die Evolution lässt sich Zeit, hat Zeit. Fast drei Milliarden Jahre bis komplexere Lebensformen in den Meeren entstanden. Unser Blut hat den gleichen Salzgehalt wie das Meer, ein Hinweis auf unsere Herkunft." Hier machte die Evolution eine Pause, nahm einen kräftigen Schluck aus ihrem Glas und zündete sich eine Zigarette an und fuhr fort: „Quallen und krebsähnliche Lebensformen, auch die ersten Räuber, schwammen in den Urmeeren. Auf dem Land gab es noch kein Leben. Die Atmosphäre bestand vorwiegend aus Kohlendioxid. Aber Algen und Korallen begannen das Kohlendioxid zu verarbeiten und setzten dafür Sauerstoff frei. Und die Atmosphäre wurde sauerstoffreicher und sauerstoffreicher..."

Ich fand das alles sehr interessant, aber interessanter fand ich die Person an meiner Seite, ein besonders interessantes Ergebnis der Evolution. Maja schnitt die Pangäa-Torte an und gab jedem ein Stück. Die Erdkruste bestand aus Schokoladenteig, der auf einer kremigen, rötlichen Masse, dem Magma, schwamm. Meer und Kontinente waren durch farblich unterschiedlichen

Zuckerguss dargestellt, etwas abweichend von der Realität. Geschmacklich war das Objekt dem evolutionären Jetzt angepasst. Ich trank noch einen Sekt mit Orangensaft und stellte mir vor, mit Iris nach Pangäa zu entschweben, wo wir dann glücklich bis in alle Ewigkeit leben würden. Aber das war ja wohl Quatsch und wahrscheinlich ausgelöst durch den ungewohnten Genuss des Alkohols. „Das Wichtigste aber“, fuhr K. fort, „ist die Weitergabe der Erbinformation, und das Prinzip ist gleich bei allen Lebewesen, und es ist möglich, dass wir, und alles was lebt, mit der ersten Zelle, wenn diese nur einmal entstand, verwandt sind.“ „Ich habe ein dringendes evolutionäres Bedürfnis“, sagte Iris, kannst du mal unterbrechen?“ „Klar, können wir“, erwiderte K., schenkte sich ein weiteres Glas ein und zündete sich eine weitere Zigarette an. Ein evolutionäres Gefühl überkam mich und ließ mich mir ein weiteres Glas Orangensaft mit Sekt einschenken, wobei die Sektmenge stark zunahm. Iris kam zurück, setzte sich neben mich, berührte mich stärker als evolutionär notwendig gewesen wäre. K. schenkte sich schon wieder ein Glas ein, zündete sich schon wieder eine Zigarette an und schwankte schon stärker. Maja servierte die Ursuppe, eine ziemlich salzige Fischsuppe mit kleinen Garnelen, Krebs und Hummerfleisch. So ähnlich muss der Urozean geschmeckt haben. Danach bekamen wir einen evolutionären Durst, und auch Iris trank heute schon ihr drittes Glas, war aber nicht so lustig wie sonst. K. erzählte weiter, dass das Leben schon mehrere Male fast vernichtet worden wäre. Zuletzt, vor 65 Millionen Jahren, hätte es die Saurier getroffen, die fast 200 Millionen Jahre die Erde beherrscht hätten. Er redete sich immer mehr in Rage und immer betrunkener: „Wahrscheinlich durch eine Klimaänderung infolge eines Vulkanausbruchs oder eines Meteoriteneinschlags, und die Zeit der bis dahin kleinen Säugetiere begann. Und die Kontinente drifteten weiter auseinander und immer neue Arten entstanden aus den vorhergegangenen, und was nicht so gut funktionierte, überlebte weniger, starb früher aus. Und die ersten Halbaffen entwickelten sich und saßen auf den Bäumen, und es gab eine Klimaänderung, und die Wälder gingen zurück. Savanne breitete sich aus, und die Halbaffen stiegen herab, was viele Generationen dauerte, und richteten sich auf und liefen auf zwei Beinen durch die Savannen Afrikas, immer auf der Hut vor gefährlichen Räubern. Einer fraß den anderen und es herrschte Mord und Totschlag im evolutionären Geschehen." Er musste fürchterlich husten, fasste sich an sein Herz und sprach: „Ein furchtbares System, ein System in dem der eine den anderen frisst, des einen Tod das Leben des anderen bedeutet." Er wurde wütend, schenkte sich noch ein Glas ein und zündete sich eine Zigarette an. „Rauch doch nicht so viel", sagte Maja und K. erwiderte: „Ja, ab morgen", und ging in seinen Lagerraum. Er kam zurück mit einer sehr großen Leinwand, größer als er selbst. „Ursuppe", stellte er sein Bild vor. Im Vordergrund, sehr naturalistisch, ein Stück Meer, verlaufend ins Nichts der leeren Leinwand. „War ein Versuch", sagte er, „aber ich glaube, mit malerischen Mitteln ist das Thema nicht darzustellen." Dabei stolperte er, und sein Kopf durchstieß von hinten das Bild und grinste uns von oberhalb des nicht sichtbaren, im Unendlichen liegenden Horizonts an. Wie eine altgewordene Sonne, die zuviel getrunken und geraucht hat, aber immer noch lustig sein kann, grinste er uns an, und auch wir und Maja mussten lachen. „Ich glaube, so ist es evolutionär besser“, sagte die Sonne und lachte uns an wie Poseidon seine Nixen. „K., du solltest nicht so viel trinken“, sagte Maja. „Ja, ab morgen“, antwortete er und stellte das Bild an die Wand. „K., mach weiter“, sagte Iris, „die Evolution ist noch nicht zu Ende.“ K. setzte sich in seinen selbstgebauten Sessel und fuhr fort: „Vor- und Frühmenschen, die Hominiden betraten vor circa 4 Millionen Jahren die Bühne des Evolutionstheaters. Von der Aufrichtung des Homo erectus über die Fähigkeit Werkzeuge herzustellen und zu benutzen des Homo habilis, die Entwicklung der Sprache, der Kommunikation, die Weitergabe von Informationen von einem zum andern, von einer Generation zur nächsten, ging die Entwicklung zu uns, und, wenn wir uns nicht selber vernichten, wird sie weit über uns hinausgehen. Charles Darwin nahm fünf Jahre auf der ‚Beagle‘, sammelnd und forschend, an einer wissenschaftlichen Expedition teil, die ihn um die ganze Welt führte. Hier entstand das Fundament für seine Theorie von der Entstehung der Arten. Diese wurde zunächst heftig befehdet, weil sie durch Schlussfolgerungen aus den Beobachtungen an der lebenden Flora und Fauna und durch Fossilienfunde im Gegensatz zur christlichen Schöpfungsgeschichte stand. Die 6.000 Jahre, die christliche Experten für die Schöpfungs- und Menscheitsgeschichte ausrechneten, waren genau so verkehrt wie das geozentrische Weltbild der Kirche zur Zeit Galileis. Jetzt wurde Iris doch lustiger, wagte evolutionäre Berührungen, sagte, sie sei ein Frühmensch auf dem Sofa und warte auf die Entwicklung. Das sei in gewisser Weise richtig, sagte K. und führte weiter aus, Liebe und Sex seien evolutionäre Prinzipien. Erst durch sie sei die Durchmischung und Neukombination der Gene und damit die Entwicklung richtig in Gang gekommen und das sei der eigentliche Motor der Evolution. Er erzählte, er hätte sich auch künstlerisch mit fossilen Skulpturen und Reliefs beschäftigt, aber die seien auch nicht besonders gut angekommen, und die künstlerische Evolution sei vielleicht noch nicht so weit. Darauf musste er wieder einen trinken und eine rauchen, und Maja ermahnte ihn, doch nicht so viel zu trinken und zu rauchen, worauf er sagte: „Ja, ab morgen." So entwickelte sich der Abend. Die Fülle der Informationen, die Pangäa-Torte, die Ursuppe, der ungewohnte Alkohol, der Zigarettenrauch und der Duft des Regenbogens führten zu einer evolutionären Rotation in meinem Gehirn, das entwicklungsmäßig auf diese Dinge oder die Kombination dieser Dinge nicht vorbereitet war, und so wurde mir schlecht, und ich kam gerade noch zur Toilette, und ich musste mich übergeben. Mir ging es sehr schlecht. Iris hielt meinen Kopf über der Toilettenschüssel und sagte: „Ich finde die Evolution zum Kotzen!" „Ich auch", schloss sich K. an, und ich musste mich dem auch anschließen. „Kotz dich nur schön aus", riet mir Maja. Das hätte ich ohnehin getan und mir wurde auch schon wieder besser. „Ich muss bald nach Hause", sagte Iris, „ihr wisst, meine Großmutter." Ich ruhte mich noch etwas auf dem Autosofa aus, dann verabschiedeten wir uns von Maja und K. Weil mir immer noch etwas übel war, ließen wir die Fahrräder stehen und gingen nach Art der Hominiden, Hand in Hand auf zwei Beinen durch eine kulturell geschaffene Steppenlandschaft heim. „Das kann jedem passieren“, meinte Iris und entschwebte. Ich blieb zurück mit dem Gefühl, versagt zu haben, eine Schwäche gezeigt zu haben, die eines Mannes unwürdig ist. Das war mein erstes und eindruckvollstes Erlebnis mit der Evolution und dem Alkohol.

Die Ferien hatten begonnen. Ich hatte geglaubt, Iris würde sich jetzt öfter melden, aber das war nicht der Fall. Es war warm bei bedecktem Himmel, und es gab keine Regenbögen und die Evolution nahm, wie das so ihre Art ist, sich sehr viel Zeit, so dass ein ungeduldiger Hominide wie ich kaum einen Fortschritt bemerken konnte. Mein Freund, der dicke Herbert, war zu seinem Onkel, der einen Bauernhof hatte, gefahren, um die Freuden des Landlebens zu genießen, und so war ich ziemlich mit mir allein.

Meine Mutter arbeitete wie immer und für Abenteuer wie in Urlaub zu fahren hatten wir kein
Geld. Ich versuchte mich an einigen Bildern zum
Thema: Iris und der Regenbogen, aber das, was
ich wollte oder fühlte, erreichte ich nicht. Nachts
schlief ich schlecht, hatte wirre Träume von
bösen Großmüttern und Prinzessinnen mit gelb-
gold-orange-farbenen Haaren und gefährlichen
Regenbögen. Auch K. und Maja ließen nichts
von sich hören. Endlich wurde es mir zu bunt,
und ich beschloss, das Haus schräg gegenüber
aufzusuchen, zu klingeln und in den Himmel
oder die Hölle der Regenbögen vorzudringen. Im
Kopf erarbeitete ich verschiedene Pläne, wie ich
es anstellen wollte, legte mir Texte zurecht, die
natürlich intelligent, witzig, aber auch selbstbe-
wusst sein sollten. Ich entwickelte zwei Varianten, die erste für den Fall, dass die Großmutter
an die Tür kam. Dann wollte ich sagen: ‚Guten
Tag, sind Sie die Großmutter des Regenbogens?'. Und im zweiten Fall, wenn der Regenbogen selbst an die Tür oder das Tor kommen
sollte: ‚Grüß Dich Regenbogen, ich wollte mal
nachsehen, ob Du noch alle Farben beisammen

hast?'. Aber so richtig gefiel mir das auch nicht. Ich dachte noch weiter darüber nach und entwickelte, wie es auch die Evolution tut, viele Varianten, die ich wieder verwarf. Nach einem Streit mit meiner Mutter, kurz bevor sie zur Arbeit musste, beschloss ich, sobald sie gegangen war, das gefährliche Unternehmen zu starten, obwohl ich noch immer keinen optimalen Begrüßungstext gefunden hatte. Aber so war das wohl auch mit der Evolution, die meisten Lösungen waren nicht optimal. Aber wenn sie funktionierten war die Evolution zufrieden. Ungeduldig wartete ich auf das Gehen meiner Mutter, spielte die verschiedenen Varianten meiner Texte durch, versuchte ein selbstbewusstes Gesicht, heute würde man sagen, ein cooles, zu machen und ging dann mit weichen Knien und etwas unsicherem Gang los. Aus unserem Tor über den Gehweg mit den altmodischen, gelbockeren Platten, deren Relief ein Muster ergab, über den Randstein, die gepflasterte Straße mit den eingelassenen Straßenbahnschienen, über die rundköpfigen, unregelmäßigen Basaltpflastersteine, die meinen Gang noch unsicherer machten, als er ohnehin schon war, schräg über die Straße, den Randstein der anderen Seite, über den oppositionellen Gehsteig und stand, es kam mir wie eine Ewigkeit vor, aber das ist in der Evolution ja keine Zeit, vor dem Tor des Regenbogens. Es war zu, aber als ich die Klinke drückte nicht verschlossen. Meinen Text hatte ich bereits vergessen, beziehungsweise in meinem Kopf befand sich mein Bewusstsein im Stadium der Ursuppe: alles durcheinander. Ich ging den mit Platten, die zum Teil stark abgesunken in unterschiedlichen Winkeln zueinander standen, belegten Weg am Haus entlang. Lange 6 Meter und stand vor der Haustür, die lange keine Farbe mehr gesehen, abgestoßen, verblasst und heruntergekommen wirkte. Mit zitterndem Finger drückte ich den Klingelknopf und hörte, wie es innen klingelte: Schrill – unmusikalisch, in der Art der Elektrotechnik der Frühzeit der Elektroevo-lution. Ich ließ den Knopf los. Das Klingeln hörte auf. Ich wartete mit klopfendem Herzen und versuchte mir die beiden Texte, je nachdem, wer öffnen würde, in meinem Sprachzentrum zurechtzulegen. Es rührte sich nichts. Ich wartete. Nichts rührte sich. Trotz aller Aufgeregtheit darüber etwas verärgert, dass sich niemand meldete, klingelte ich nochmal, diesmal länger, und ich drückte kräftiger, aber ich glaube, dass das auf das Ergebnis, beziehungsweise die Lautstärke keinen Einfluss hatte. Dann wartete ich wieder und horchte in die nach dem schrillen Klingeln entstandene Stille. Nichts durchbrach oder veränderte die Stille. Die Stille blieb still. Nachdem ich meiner Meinung nach lange genug gewartet hatte, versuchte ich es noch ein drittes Mal. Wieder zerfetzte das kleine, kugelförmige Hämmerchen in Zusammenarbeit mit der fahrradklingelähnlichen Glocke die Stille. Wieder stoppte ich das Klingeln, horchte und wartete. Nichts rührte sich, die Stille blieb still, während myriadenfach, aber auch geräuschlos, die Evolution neue genetische Kombinationen ausprobierte und im Zuge dieser Maßnahmen auch Menschen unterschiedlichen Geschlechts zusammenführte, zwecks Neukombination der Gene. Heute glaube ich, ohne ein konkretes Ziel, aber damals war ich noch nicht so weit. Nachdem ich nochmals länger gewartet hatte, als die

Zeit, die währendessen verging, kam ich zu dem Schluss, dass wahrscheinlich niemand zu Hause sei oder aber man mir nicht öffnen wollte. So verließ ich das Haus meiner Träume auf fast dem gleichen Weg, nur in umgekehrter Richtung, heim in unsere Wohnung, setzte mich in der Küche an den Tisch am Fenster, sah hinaus in den grauen Himmel und war irgendwie verbittert. Und dafür hat die Evolution nun dreieinhalbmilliarden Jahre gebraucht, um dieses Gefühl zu schaffen! Die Ferien gingen dahin. Kein Lebenszeichen von Iris. Kein Lebenszeichen von K. und Maja. Es war zum Verzweifeln. Ich beobachtete das Haus schräg gegenüber. Nichts tat sich. Keine Regenbögen, keine menschlichen Materialisationen. Mehrmals fuhr ich mit dem Rad an K's Atelier vorbei. Auch hier rührte sich nichts. Mehr als die Hälfte der Ferien war schon vorbei. Meine Geduld hatte fast die Sollbruchstelle erreicht. Mit meiner Mutter konnte und wollte ich nicht darüber reden. Sie fand weder den Kontakt zu Mädchen, geschweige den zu dem Künstler begrüßenswert, hatte sie doch selbst schlechte Erfahrungen mit der Liebe und der Kunst gemacht. Am Ende der vierten Ferienwoche lag morgens im Flur hinter der Haustür, die einen Briefschlitz, aber keinen Kasten hatte, eine Postkarte mit einem Regenbogen und dem Text: ‚Herzliche Grüße vom Regenbogen!' Ohne Orts-, ohne Absenderangabe, der Stempel auf der Briefmarke verwischt und nicht entzifferbar. Das war immerhin ein Gruß, zeigte, dass der Regenbogen mich nicht ganz vergessen hatte, half mir aber sonst nicht weiter. In der fünften Woche der Ferien, und die waren jetzt fast vorbei und die Schrekken der Schule würden in Kürze wieder beginnen, lag ein großer, roter Umschlag vor der Tür unterhalb des Briefschlitzes. Darin war, nachdem ich ihn hastig aufgerissen hatte, ein schwarzes Blatt mit dem Text: ‚Thema des nächsten Wekstattgesprächs: Die Liebe und der Tod. Am nächsten Mittwoch 15:00 Uhr. K.+M.'. Handgeschrieben, kalligraphisch, Weiß auf Schwarz, und das Plus zwischen dem K und dem M sah aus wie ein Kreuz. Noch eine Woche, das war lang. Wer war ich? Wo war ich? Woher kam ich? Was sollte ich tun? Darüber konnte ich mit meiner Mutter nicht sprechen, und so half ich ihr lustlos im Haushalt. Ich putze etwas, kochte etwas und kaufte besonders ungern ein. Hatte aber auch einige nette und harmonische Gespräche mit ihr, die aber meist in Streit endeten. Ich tapezierte unser Wohnzimmer mit Rauhfaser, die ich weiß strich, was meiner Mutter gar nicht gefiel, sie hätte lieber eine richtige Tapete gehabt. Mein Zimmer wollte ich zum Atelier umgestalten. Leider war es etwas klein. Auch hatte ich vor, mir von meinen Ersparnissen eine Staffelei und Ölfarben zu kaufen, was meine Mutter nicht verstand, aber dazu meinte, ich sei wohl erblich belastet. Ich unternahm größere Radtouren, bei denen ich mich sehr einsam fühlte und die mir eigentlich keinen Spaß machten. So kam der Mittwoch und der magische 15:00-Uhr-Punkt immer näher, und ich wurde proportional immer ungeduldiger. Endlich war es so weit. Mittwoch 14:45 Uhr. Ich fuhr los zum Atelier, in der Hoffnung, dort dem Regenbogen zu begegnen. Punkt 15:00 Uhr stand ich vor dem Atelier, das einst Garage war und bald wieder Garage sein würde. Ich klingelte. Maja öffnete. Sie sah

verändert aus, ihre Augen gerötet, und sagte:
„Grüß dich Namenlos, K. ist tot." Ich begriff den
Satz nicht, verstand die Worte nicht, trat ins
Atelier und sah K. in einem seiner selbstgebauten Sessel sitzen oder besser schräg hängen. Der
Kopf war vornübergefallen, der eine Arm
berührte den Boden, hatte ein Weinglas freigege-
ben, und der ausgelaufene Wein auf dem Boden
sah fast wie eine Blutlache aus. „K. ist tot", sagte
Maja nochmals, „er hat es einfach zu toll getrie-
ben." Traurig und verwirrt zugleich wusste ich
nichts darauf zu sagen. Nicht mal: Herzliches
Beileid. Es klingelte. Ich ging die Tür öffnen.
Der Regenbogen stand davor. „K. ist tot", sagte
ich. „Ich weiß", sagte sie, „ich habe es geträumt,
er sitzt im Sessel und der ausgelaufene Wein
liegt wie eine Blutlache neben ihm." „Ich habe
dich sehr vermisst", sagte ich. „Ich dich auch",
antwortete sie und gab mir einen ganz zarten
Kuss. „Ich habe ihn geliebt", sagte Maja „er
hätte nicht so viel trinken sollen." Dabei rann ihr
eine einsame Träne über die Wange. „Ich glaube
unser heutiges Gespräch über die Liebe und den
Tod findet nicht statt, aber bitte bleibt, ich bin

sonst so allein. Wollt ihr was zu trinken haben?"
Wir saßen in der Küche am großen Küchentisch.
Maja gab jedem von uns einen Orangensaft ohne
Sekt, und so warteten wir auf den Arzt, der den
Totenschein ausstellen und das Bestattungsunternehmen, das ihn danach abholen sollte.
„Über die Liebe kann er nicht mehr sprechen",
sagte Maja traurig, „und den Tod, den demon-
striert euch K. gerade." Bei dem Gedanken
musste sie fast lachen, und eine weitere Träne
lief über ihr Gesicht, aber sonst machte sie einen
sehr gefassten Eindruck. Der Arzt kam, unter-
suchte K. und diagnostizierte Herzversagen. Er
stellte den Totenschein aus, kondolierte und
sagte, das Bestattungsunternehmen könne K.
jetzt abholen. Dann ging er. Wir saßen weiter in
der Küche und warteten. Und trotz der Trauer
war ich glücklich, neben dem Regenbogen zu
sitzen, der mit feuchten grünblauen Augen neben
mir hockte. K. hätte bestimmt jede Trauer verboten und gesagt, das Leben ginge weiter. Wir warteten und die Zeit wurde mir lang und kurz
zugleich bis endlich der Leichenwagen kam. Die
Leute vom Begräbnisinstitut trugen einen Sarg

herein, machten den Deckel auf, hoben K. aus seinem Sessel, dabei schien es, als wolle er was sagen und aufstehen und legten ihn in den Sarg. Er lag da wie lebend, als wenn er schliefe. K. war der erste Tote, den ich sah. Maja, Iris und ich standen nebeneinander und schwiegen und kurz bevor der Deckel zugemacht wurde, verabschiedete sich Maja mit den Worten: „Adieu K., ich hoffe, du hast deinen Weg jetzt gefunden, mach's gut." Iris und ich sagten nichts, und Maja schluchzte leise, als der Deckel geschlossen wurde. Wir saßen noch eine ganze Weile an K.'s selbstgebautem Tisch. Still, keiner sagte etwas. Draußen war schönster Sommer, und die untergehende Sonne beleuchtete die im Hof stehenden Skulpturen, so dass man das Gefühl hatte, sie begännen zu leben. Auch das Atelier war erfüllt von einem bis dahin nicht erlebten Licht, in dem Iris Haare magisch glühten. Maja sagte: „Ihr habt mir sehr geholfen, aber jetzt müsst ihr gehen, ich benachrichtige euch, wann die Beerdigung ist." Sie drückte erst Iris, dann mich an sich und verabschiedete sich. Wir fuhren nebeneinander heim, und keiner sagte etwas. Bei der

Verabschiedung vor unserem Gartentor drückte Iris ihr Gesicht an meines, und ich merkte, dass es ganz kühl und feucht war. „Bis dann", sagte sie und war entschwunden. Und noch wusste ich nicht, dass dieses ‚dann' die Beerdigung und auch unser letztes war. Die Beerdigung war am Mittwoch 15:00 Uhr, zur gleichen Zeit wie unsere Werkstattgespräche. Das Wetter war wechselhaft – mal Sonne, mal kurze Regenschauer. Iris stand um 14:00 Uhr vor unserem Tor. Ich hatte die Räder schon bereitgestellt. Sie trug zum erstenmal ein anderes Kleid. Ein schwarzes Samtkleid und Lackballerinas mit Riemchen. Aber auch dieses Kleid wirkte etwas zu kurz und zu klein. Es bildete einen tollen Kontrast zu ihren hellgelborangefarbenen Haaren und den grünblauen Augen. Dazu hatte sie einen Strauß blauer Schwertlilien, die ja auch so hießen wie sie. Ich hatte einen kleinen Strauß Rosen von meinem Taschengeld gekauft. Wir klemmten die Blumensträuße auf unsere Gepäckträger und fuhren los zum Friedhof, einem Ort, den wir bisher nicht besucht hatten. Es war nicht weit, und je näher wir dem Friedhof kamen, um so mehr

nahm der Verkehr zu. Zum Teil große und teure
Autos, die man in unserer kleinen Stadt selten
sah. Wir stellten die Räder in den Fahradständer
am Eingang, nahmen unsere Blumen und gingen
den vielen seltsamen Menschen nach, die alle in
eine Richtung strömten. Wir erreichten die
Aussegnungskapelle, in der inmitten eines
Meeres von Blumen ein Sarg stand, bemalt in
allen Farben des Regenbogens, in der Form an
einen altägyptischen Sarkophag erinnernd. Ein
Streichquartett spielte eine sphärisch-atonale
Musik, abgelöst von einer Jazzband, die fröh-
lichen Dixiland improvisierte. Ein langer dünner
Mann in einem zu engen Anzug hielt eine lustige Rede. So viele seltsame Leute hatte ich noch
nie auf einem Haufen gesehen. Bunt gekleidete,
und das auf einer Beerdigung, aber auch welche
ganz in schwarz, welche wie aus einer anderen
Zeit, andere in ausgedienten Uniformen, Männer
mit Glatzen oder langen Haaren, damals noch
ein schwerer Verstoß gegen die Konvention.
Frauen wie Vögel, oder besser Vogelscheuchen,
mit Boas und Stolen, grell geschminkt wie
Damen vom Bordell. Es war irre. Sie lachten und

waren laut und benahmen sich nicht beerdigungsmäßig. Maja war ganz in Schwarz, sehr bleich und sah traurig und schön aus. Der dünne Mann beendete seine Rede, die philosophisch und lustig zugleich war. Einige Frauen weinten auch. Dann formierte sich die Trauergemeinde zu K.'s letzter Reise. Vorweg die Jazzband, fröhlich drauflosspielend, dann der bunte Sarg, geschoben von vier Totengräbern in grauen Uniformen mit Schirmmützen, stark an die feldgrauen der großdeutschen Wehrmacht erinnernd. Dann Maja und dann diese irre Trauergemeinde und am Schluss der Regenbogen und ich. Langsam bewegte sich der Zug voran, zu langsam für diese Musik, und langsam erreichte der Trauerzug die Grabstätte mit der bereits ausgehobenen Grube. Die Dixilandband hörte auf zu spielen, und das Streichquartett übernahm. Die Totengräber in den feldgrauen Uniformen hoben den bunten Sarg von dem Transportwagen und setzten ihn über der Grube auf zwei querliegenden Bohlen ab. Ein kahl-köpfiger Mann nahm am Grab Aufstellung und begann, begleitet von der sphärisch-atonalen Musik, mit einer sehr schönen Baritonstimme die Trauer- und Abschiedsrede. Wir standen etwas abseits, Iris vor mir und ihre Haare leuchteten wie Flammen und es roch nach Regenbogen, aber auch nach feuchter, Verwesung bewirkender Friedhofserde. Der Trauerredner sprach sehr philosophisch in sehr schönen Worten vom Leben als endlich-unendlichem Prozess, dass wir jeden Tag ein Stück sterben, dass aber auch jede Sekunde myriadenfach neues Leben entsteht, dass wir aus dieser Welt nicht fallen können, dass wir Teil dieses Systems sind, vom Ganzen ausgehend wir weniger als Staub im Wind sind, dass wir unserem Leben die Bedeutung geben, dass wir vielleicht die einzige Art sind, die weiß, dass sie ist, dass es gewiss sei, dass der Mensch sterblich sei, dass wir nur kurzfristige Erscheinungen sind im gewaltigen Prozess der Evolution, in dem noch gewaltigeren Prozess des Universums und dass es da keine Hoffnung, gibt und gerade darum möchte er im Namen seines besten Freundes sagen, jeder sollte selbst seinem Leben einen Sinn geben, sollte sein Leben leben, sollte seinen Weg gehen, aber nicht auf Kosten der anderen, und die Liebe sei die wichtigste Kraft in diesem Prozess, den wir Leben nennen. Ich war richtig ergriffen von der Rede, sah mich selbst in diesem Prozess des Lebens und vor mir die Liebe. Die Rede endete mit dem Appell an alle, ihr Leben zu leben und ihre Liebe zu lieben, und die Jazz-Band und das Streichquartett spielten gleichzeitig, jede Formation ihre eigene Musik, ein kakophonischer Effekt und doch von sehr eigenem Reiz. Die Sargträger fassten die Seile, die Bretter unter dem Sarg wurden weggezogen ,und langsam versank der regenbogenbunte Sarg in der Gruft. Während in der Ferne ein Schauer niederging und ein Regenbogen entstand, galoppierte ein weißes Pferd über den noch freien Teil des Friedhofs, eine große Rasenfläche und einige Teilnehmer sagten später, der Schimmel habe auf der rechten Hinterhand ein Brandzeichen wie ein ‚N' gehabt.

Der Leichenschmaus fand in der Gaststätte, in der meine Mutter arbeitete, statt. Deshalb gingen wir nur kurz mit, verabschiedeten uns dann von Maja, wünschten ihr alles Gute und machten uns auf den Heimweg. Meine Mutter erzählte, es sei hoch hergegangen, ja chaotisch und exzessiv bei der Leichenfeier. Das seien ganz schlimme Leute gewesen, die vor nichts Respekt hätten. Aber irgendwie machte sie trotzdem einen betroffenen und traurigen Eindruck. Im Ort wurde noch lange über dieses Begräbnis, diese Geschmacklosigkeit, geredet, aber man meinte, bei K.'s Kunst sei das ja kein Wunder. Und man sei froh, dass das jetzt vorbei sei.

Wir fuhren nach Hause. Am Atelier vorbei, das still und verlassen da lag. Hier hielten wir an. Iris drückte mich an sich und sagte: „Ich bin sehr traurig", und sie sah traurig aus, und ihre Augen wirkten wie zwei feuchte grünblaue Seen. Dann fuhren wir weiter, ohne zu sprechen, und kamen bald daheim an. Wir standen noch etwas vor unserem Gartentor und wussten nicht, was wir reden sollten. Sie sagte plötzlich, sie müsse jetzt gehen – ihre Großmutter. Sie drückte mich noch einmal an sich und gab mir einen richtigen Kuss auf den Mund. Ja, auf den Mund. Ich war total perplex. Dann sagte sie: „Adieu, Namenlos“, und entschwand, wie sie immer entschwunden war. Und ich sah noch die Flamme ihrer Haare im Haus verschwinden.

Die Ferien gingen vorbei. Von Iris sah und hörte ich nichts. Endlich, es war bestimmt drei Wochen nach dem Begräbnis, nahm ich all meinen Mut zusammen, ging über die Straße und klingelte. Nichts rührte sich. Ich klingelte nochmals. Ich hörte Schritte von schweren Schuhen, und ein Mann im Maleranzug, einen Quast in der Hand, öffnete. „Guten Tag, ich hätte gern Iris gesprochen“, sagte ich. Der Maler antwortete, er kenne keine Iris und auch die Vormieter nicht, die seien seit 14 Tagen ausgezogen, er wisse nicht, wohin, und er müsse die Wohnung renovieren, denn sie solle wieder vermietet werden. Das Herz blieb mir fast stehen. Das gab es doch nicht! Der Vermieter wusste nur von einer älteren Dame ohne Anhang, der er kurzfristig die Wohnung vermietet hatte. Es gab da auch einen Namen, aber der war weder beim Einwohnermeldeamt noch bei der Polizei bekannt, und die sagte, sie sei dafür nicht zuständig. Ich habe nie herausgefunden, wohin Iris und ihre Großmutter, die ich gar nicht kannte, gezogen sind. In der Mädchenschule war sie auch nicht gemeldet, ich hatte ja sowieso das Gefühl gehabt, sie ginge nicht zur Schule. Ihren Nachnamen habe ich auch nicht ermitteln können, und alle meine Nachforschungen blieben erfolglos.

Ich bin Fotograf geworden und hatte viel mit schönen Frauen zu tun, aber nie ist mir eine begegnet wie Iris. Ich glaube heute sogar, die Geschichte ist gar nicht passiert und meine pubertäre Fantasie hat sich das alles ausgedacht, denn die Realität, das ganze Leben findet nur im Kopf statt...